北極星灑落之夜

李琴峰
Li Kotomi

ポラリスが降り注ぐ夜

推薦序　那些美麗的星子啊

陳雪

「若是夏季，這時間天空必定仍亮著光，但此時天色已近全暗，甚至稱不上黃昏。豔麗燦爛的霓虹映照之下，人群如沸騰的濁流，潑灑著喧囂流向四面八方。站前廣場的樹木與矮籬纏繞著或青或白或紫或紅的聖誕燈串，冷冷的彩光滲入夜晚的黑，預告著聖誕節即將來臨。偶有刺骨寒風吹過，人們或縮起肩膀，或把臉埋進圍巾裡取暖，但這絲毫無損新宿ALTA前人潮的熱氣，眼前的週末假日與即將到來的年末連假使得人們滿懷雀躍，街上一片熱鬧喧譁，優的心中卻充斥著煩躁與不安。」

閱讀琴峰的新作《北極星灑落之夜》時，我有很強烈的既視感，或許因為二〇一九年秋天，我與伴侶早餐人一起到東京，琴峰曾經帶著我們一起去了新宿二丁目，那天晚上的場景就是我正在閱讀的這本小說故事的舞臺。我記得那晚琴峰帶我們在新宿熱鬧的街頭走逛，她為我們解說二丁目的歷史，在那些充滿小酒吧的巷弄裡，我們第一間去的店在二樓，狹窄樓梯上去是個非常狹窄的店鋪，中年老闆在吧檯坐著，店裡有一面書牆，收集的都是關於LGBT的書籍。

吧檯僅能容下五六位客人，除了我與阿早，來的幾乎都是熟客，老闆熟練地切著下酒菜，客人隨興地與老闆談話，彷彿是生活裡的朋友。

第二家店寬敞些，兩個女孩在店裡招呼，店裡風格非常文青，我們在舒服的座位上聊天，說起了各自的故事，時間很快就到深夜，交淺言深，但在這個地方，一切彷彿都有可能。

一個街區充滿大大小小幾百家同志酒吧，這是在臺灣的我難以想像，又非常盼望的場景。二十年前我曾在臺北的林森北路條通去過一間拉子酒吧，可以唱歌喝酒，還有卡座包廂，氣氛熱鬧溫暖，聽說附近有好幾家拉子酒吧，那曾經是一個輝煌的時代。後來前幾年我再去，同志酒吧已經屈指可數，而且店內氣氛寥落，有種說不出的荒敗感。

同婚已經通過的臺灣，同志們可以大方牽著手在路上走，在臉書上秀恩愛，彷彿性別、性傾向都不再那麼涇渭分明，身為同志不再是不可言說的重擔，出櫃不再是同志們最痛苦的議題，然而真的所有人都得到幸福了嗎？一旦你知道自己屬於哪一類的人，就能得到歸屬感嗎？標籤，名稱，分類到底需不需要？這些問題沒有因同婚通過而改變，有許多疑問仍在人們心中，令人感到困惑，琴峰這本小說的出現，在同婚通過的現在來看，有更深的意義。

李琴峰是個天才作家，她在極短的時間精通日文，以日文書寫的小說達到了極高的成就，她自己翻譯自己的小說，翻成中文的文字依然美不勝收，她從第一本小說《獨舞》就開始專注地書寫性別議題，她擅長描寫景色、天光、建物，能夠準確精細地描繪出某種肉眼無法看見的氛圍，她書寫創傷經驗獨樹一幟，因為她將性別與創傷奇妙地結合，而這份創傷造成了出走，遠離故鄉，也是她前期小說的特色，「我們要活下去，有時就必須要逃」。到了這本《北極星灑落之夜》，除了一貫優美的文字，細膩的描寫，除了對性別議題更深入的追問，她展開了更大的維度，勾勒出一群逃離故鄉或家園，在新宿二丁目的酒吧裡相遇的人們，她展現高度形塑人物、捕捉性格與鋪陳身世的能力，在她筆下所描繪出一個栩栩如生的世界，她筆下的那些城市彷彿躍然紙上，每一個人物從第一篇開始，優、夏子、怡君、蘇雪、香凜、曉虹，每一個名字背後象徵著性別光譜裡的一格。那一格並非固定不動，而是可以互相滲透，彼此浸染的。

生命會從傷害發生的那一刻開始變得複雜。而對於許多 LGBT 的朋友來說，在意識到自己的性別身分之時，某種難以言喻的創傷就開始了，即使後來他們可以長得很好，但那過程裡與家人、社會的碰撞、拉扯，以及對自己的不斷懷疑，確認，在身心都留下傷痕。這本小說裡處理了各種型態的情感關係與性傾向認同，其中最令我驚豔與嘆息的，是她在書中第六篇對於跨性別必須經歷「五行劫難」的描述。

「是金、木、水、火、土這五行的劫難」，「出生便是金行劫難，大家都說金童玉女對吧？女子是玉，男子是金，世間總認為金優於玉，但對我們而言，那金便只是重重枷鎖，是苦難的根源」，「青春期便是土行劫難。」水行劫難，指的是服用荷爾蒙。「那火行劫難，就是手術了？」「對，要浴火而後重生，就像鳳凰那般。若無法重生，就只能在麻醉劑帶來的黑暗之中，迎接結局。」最令人悲傷的是木行劫難，「就算動手術了，戶籍和身分證上的性別也改了，我們也成不了真正的女人。」「我們沒有卵巢、子宮和月經，女性荷爾蒙得終生服用、至死方休，更別提懷孕了，當然也是非分之想。妳不覺得這就像是不具肉體的木頭塑像？」

以上這段描述來自於書中最令人傷感的角色若虹。這五行劫難的描述令人動容，也展現了李琴峰對於跨性別者的深度理解與共感。

每個人都是獨一無二的，有些人不願意被貼上標籤，拚命想撕下標籤，有些人卻因為無法準確描述自己的狀態，感到痛苦，所以必須找到切合自己性別身分的「說法」。那些同性戀、雙性戀、無性戀、非性戀、跨性別等等名詞，在琴峰的小說裡不只是一些僵固的名詞，而是一個一個深刻的生命故事，這些故事不能只以議題來看待，她試圖深入人物的背景，描摹出他們的愛欲、恐懼、傷痛與夢想，這些人物彷彿就是我們身邊的人，甚至，就是你與我。

描述一個地區的歷史，必然不可缺少的就是人的故事，是這些在這個場域裡生活、歡笑與哭泣過的人們，使一個空的地景變成一個活生生的場所，為了這本小說，李琴峰做足了功課，不只是研究二丁目的歷史，她更進一步用自己的小說賦予這個場所新的生命，小說人物在此的生活史長達二十多年，便可將二十多年來這個地區的演變做一個與生命史相互映照的對比。她召喚出曾經有過的情感與遭遇，往昔與現今交織，使得所有無處可去、無所歸屬的人，都在這裡找到了安住，找到友伴，甚至找到了自己。

「我們一直都在這裡，一直都作為複數形存在於此處。」

文學是容納異己、包容異聲的空間，而文學裡創造出來的空間若能與現實世界的空間加以疊合，就可以進一步加入現實，甚至穿透現實。李琴峰的小說借用了臺灣特殊的同志文化與社會運動經驗，加上日本特有的酒吧文化，以及跨國的人際互動，寫出了屬於她自己的小說，這樣的小說既獨特又能令人共情，她的小說使得新宿二丁目的酒吧不再只屬於日本，不只屬於當下，更能穿越時空，一直長存。

闔上書稿，我想起二〇一九年第一次見到琴峰，白皙的臉，齊劉海染成褐色的細直長髮，臉上的眼鏡遮掩不住她眼睛裡的聰慧，她看似安靜，甚至有點木訥，她說話聲音低低的，說話時或許因為害羞眼睛不太望著對方，就像一個學生。我很難想像這樣的她，已經獨自在日本過著專業寫作的刻苦生活好幾年，而這幾年的時間裡，她除了讀書與打工，都在寫作。在座談會上看琴峰以日文中文輪番開講，侃侃而談，眼神裡的自信，發言內容的縝密而深刻，可以感覺到她體內蓄積的能量即將以作品的形式爆發，而在分離後，她一本一本持續地交出新作，也很快地得到了芥川賞，這些成就彷彿都已經預先寫好了，只等著她一一去實現，這樣才華洋溢，又能勤勉兌現自己才能的作者，她下筆時總是凝視著幽暗處攜帶著孤獨、滿懷傷痛的人們，而那些帶著傷的角色在她筆下沒有刻板人物，沒有國族隔閡，彷彿是她走過千山萬水，在自己孤獨的征途裡遇見的人，即使匆匆一瞥，她也能辨認出來，而當她回到她的書房時，她屏氣凝神，啟動理解與想像，將那些人物一一書寫出來，人物在她筆下活了起來，街景在她的作品裡甚至比現實裡還要生動。我想起她眼鏡鏡片底下靈動又帶著神祕的眼神，我知道她就是那種擁有可以創造出獨特語言，創造出屬於自己的小說之國的寫作者。

祝福琴峰，祝福這本書，祝福所有在新宿二丁目，以及在世界各個地方，仍在自己的人生旅途裡踽踽獨行的人們。

「漫長的冬夜，正在緩慢而確實地亮起。」（註1）

註1　推薦序楷體字段落選自李琴峰《北極星灑落之夜》。

北極星灑落之夜　目次

推薦序　那些美麗的星子啊　陳雪　003
薄暮　019
太陽花們的旅程　053
成不了蝴蝶鳥兒　103
夏日天鵝　143

幽深縱穴 197
五劫 245
拂曉 289
後記 307
活著，在撲朔迷離的令和
——《北極星灑落之夜》繁體中文版後記 311

照片　澄毅

北極星灑落之夜

初出《早稻田文學》二〇二〇年春號，早稻田文學會

薄暮

發文者：優　發文日期：二〇一八／十二／七（Fri）　年齡：二十三
地區：東京都

失戀了，都內找安慰，純睡不暈。

【關於我】
偏受不分／女生樣／二十三歲／短髮／普通體型／社會人士／經濟獨立

【關於妳】

可攻／二十九歲以下比我年長／女生樣／經濟獨立／可換真相／外表乾淨

謝絕網路人妖、精神疾病、體型極端者。

請加黃色→yuu1995

若是夏季，這時間天空必定仍亮著光，但此時天色已近全暗，甚至稱不上黃昏。豔麗燦爛的霓虹映照之下，人群如沸騰的濁流，潑灑著喧囂流向四面八方。站前廣場的樹木與矮籬纏繞著或青或白或紫或紅的聖誕燈串，冷冷的彩光滲入夜晚的黑，預告著聖誕節即將來臨。偶有刺骨寒風吹過，人們或縮起肩膀，或把臉埋進圍巾取暖，但這絲毫無損新宿ALTA前人潮的熱氣，眼前的週末假日與即將到來的年末連假使得人們滿懷雀躍，街上一片熱鬧喧譁，優的心中卻充斥著煩躁與不安。

夏天出生的優不喜歡冬天，既寒冷又晝短夜長，隱然帶著一種萬事萬物皆虛幻命短的預感。天冷氣寒，手腳便容易凍僵、容易受傷，對他人肌膚溫暖的渴望，反讓自己過度意識到自己是孤身一人，寂寞感因而愈發濃烈。冬天實在沒有一點好事。夏季的傍晚到了冬天便是完全的黑夜，冬天的傍晚在夏季仍可稱作午後。明明是同一個詞，其意義卻會隨季節變化，這總使優感到不可理解。

離約定的時間還有五分鐘。這是優第一次在拉子徵友留言板上發文，因此文章較其他網友保守些，讀來甚至有些冷淡。即使如此，對優而言，在「徵砲友」板上發文仍是一件相當需要勇氣的事。留言板雖也有「徵情人」、「徵朋友」等其他版面，但優現在既沒有可交付予他人的真心，需要的也不是朋友，而是能相互取暖的肉身。發文前優直直瞪著電腦螢幕發了十分鐘呆，寫徵友文花了三十分鐘反覆推敲，寫完後又猶豫了二十分鐘，才終於下定決心按下發文鍵。寫徵友文比工作時製作工序表還要耗費心神，發完文後優在電腦前虛脫了好一陣。

文章發出後，「黃色」——這是通訊軟體「KakaoTalk」的網路暗語——收到不少訊息，但其中有的拒絕交換照片，有的交換後就失去了見面的欲望，也有幾個是交換了照片後就突然音訊不通的。還有幾個人知道在想什麼，傳訊息來劈頭就問「我是男生可以嗎？」或是「我男友可以一起加入嗎？」。搞什麼啊看不懂日文嗎，優一邊在心裡咒罵，一邊簡短回覆「不行」後便順手封鎖了那些白目。折騰了一番功夫之後終於遇到感覺不錯的人，兩人便約在新宿碰面。

「請問是優嗎？」

背後傳來搭話聲，優轉頭一看，眼前站著一名女性，身上服裝與事前確認的一致，白色大衣、米色包包，大衣衣襬下方露出一截深紅色裙襬。女性容貌與事前交換的照片相同，長得還算漂亮，只有髮型與照片不同，事前交換的照片是黑色長直髮，眼前的女性則是褐色短髮，髮梢在冷風吹拂之下輕輕搖動。

「妳是香凜？」

女性點了點頭，兩人互道了聲「初次見面」後，便陷入了一陣尷尬的無聲與乾笑。那，走吧，去吃飯。香凜說道，兩人於是朝夜晚的街道邁出步伐。

「妳看起來和照片，有些不同。」

優一邊穿行於洶湧人潮之中，一邊對香凜如此說道。除去不是黑色長直髮這點之外，香凜雖未成熟至所謂「熟女」的階段，卻已散發著成人女性所獨有的風韻，那正是優最喜歡的類型。正因如此優才更感到可惜，彷彿受了欺騙，忍不住開口抱怨對方的髮型。

「我剪頭髮了，照片是半年前拍的。」香凜回應道，「今年夏天太熱了。」

的確，今年東京的夏天異常炎熱，創下歷史紀錄，甚至受到外國媒體報導。就連喜歡夏天勝過冬天的優，每天早上擦著汗通勤也頗覺吃不消，香凜的感受也不是不能理解。優把原先已到嘴邊的那句「我覺得照片裡的長髮比較適合妳」硬吞了回去，問了句：「晚餐要吃什麼？」

「我想去『Life Café』。」香凜答道，「妳去過嗎？」

有，但優選擇搖頭。若被問起和誰去的，就麻煩了。

新宿二丁目這地方，優曾去過兩次。第一次是一年前的冬季，終於找到工作、終結漫長求職活動的那一天，優興致高昂地前往二丁目一家拉子酒吧，但從頭到尾都沒勇氣向人搭話，也沒有人向她搭話。店內其他客人各自形成自己的小圈子，或聊天或唱KTV，沒有人看她一眼。優坐在約莫三十平方公尺的店內角落一張圓椅上，默默喝了兩杯雞尾酒後終於受不了，便離開酒吧敗興而歸。那家酒吧的店名和位置，現在優也記不清了。

第二次則是人生第一場約會，Kie帶她去的正是「Life Café」。

「Life Café 這時間也有開，餐點也滿好吃的。」香凜說道。

沿新宿通這條大路一直朝東走，便能抵達二丁目，這優是知道的。走過聳立在左手邊的紀伊國屋書店與伊勢丹百貨店，丸井百貨便出現在右手邊，繼續直走便能看到世界堂大樓，那就是地標了。從那裡再過一個十字路口，位於左手邊的街區便是新宿二丁目，亞洲最大的同志區。

過馬路後，香凜又往前走了一個街區才左轉，走入同志區中心的道路，仲通。優緊跟在香凜身後。二丁目的夜晚似乎尚未開始，路上人影稀疏，在營業的只有便利商店和男同志用品店一類，酒吧夜店等似乎大都還在準備中。過了幾個十字路口後右轉，便能看到畫著logo、寫著「Life Café」字樣的垂幕。與其他店家不同，Life Café白天也營業，現在從玻璃門也可看到店裡坐著不少客人。優一跟著香凜走進店內，店員爽朗的招呼聲便傳入耳廓。歡迎光臨，請問幾位呢——聽了那招呼聲，優的腦海中頓時清晰浮現上回與Kie一同前來時，她轉頭露出的那令人懷念的微笑。

與Kie認識，是在嚴冬終結、暖陽灑落，櫻花四處盛開的季節。

彼時山田遙剛進入東京都內一家ＩＴ企業擔任系統工程師，新生活帶來的興奮感使她決意告別一味單相思的學生時代，便鼓起勇氣參加了一場由位於橫濱的性少數社群中心「Cabin」舉辦的主題式談話活動。山田遙是優的本名。「優」這個與本名八竿子打不著的網名是在留言板發文時臨時取的，當時的遙還沒使用這個名字。

遙一面心懷忐忑，怕會在路上偶遇認識的人，一面看著Google地圖找路，不久便抵達會場，那是位於縣民中心七樓的一間房間。與二丁目這種總充斥著菸酒氣味的，屬於夜晚的空間不同，活動會場是一間極為普通的會議室，窗邊百葉簾拉起，午後陽光灑進室內，將房間染成一片眩目的金黃。遙戰戰兢兢走進房間，門邊是以兩張長形會議桌組成的簡易櫃檯，遙在參加者名單上找到自己的名字，在名字旁的格子內畫了圈報到。工作人員遞給遙一張標籤貼紙當作名牌，遙便拿麥克筆在上面寫下自己名字，貼在左胸。

房間裡二十多張鐵管摺疊椅排成一個圓圈，已有約十名參加者到場，隨意空著間隔就座。多餘的會議桌排在窗邊權當置物處，堆著參加者的大衣、圍巾、包包一類。從窗戶俯瞰出去，眼前沿著河畔建著一條高架道路，夾道櫻樹綻放著粉色白色的花瓣。

遙選了一張左右兩側都空著的椅子坐下，心臟直直猛跳幾乎要從口中躍出，只得自顧自低頭玩手機，避免和他人眼神交會。遙依舊缺乏現實感，難以相信自己正在參加一場喜歡女生的女生們的聚會，螢光燈管發出輕微雜音刺著耳膜，遙感覺那雜音彷彿來自漫長隧道遙遠彼端的世界，伴隨陣陣回聲傳來此端。其他參加者三三兩兩形成幾個各自的小圈子談笑著，那些談話在遙耳中聽來也像是不成語意的飛蚊振翅。

「初次見面。妳在緊張嗎？」

突然有人搭話，遙抬起頭便看見一張美麗臉龐，溫和微笑凝視著自己。那女性坐在左側，與遙隔著一張椅子，黑色長髮撥到一邊肩上，帶著一絲神祕氛圍。她身穿黑色長袖連身裙，渾身滲出一種高雅氣息，是那種會受男人喜愛的容貌，卻洋溢著一種絕不對男人獻媚的從容感。雙手指甲護理得頗為細心，大概是在美甲沙龍做的，塗成鮮豔亮麗的紅黃漸層。遙看向她的左胸，名牌上以平假名寫著的名字是 Kie。

「嗯，有一點。」

遙一邊對自己輕易被看穿感到難為情，一邊擠出笑容試圖遮掩羞澀，但不用照鏡子遙也知道，自己現在的表情看起來大概是一種含羞而虛假的乾笑。我是第一次參加這種活動——遙下一句話還沒來得及說出口，便有一個剛到的參加者走過來問：

「這邊有人坐嗎？」

遙反應不及，反射性地搖了搖頭，那人便在遙與 Kie 中間那張椅子上就了座。遙後悔不已，恨起了幾分鐘前的自己為什麼不鼓起勇氣坐在 Kie 旁邊的座位。

不久活動便開始了，主題式談話的「主題」是什麼遙也記不清了，可能是「出櫃」，也可能是「相遇與戀愛」，反正也不是什麼必須得出結論的談話，大家隨興聊天，話題也就如脫韁之馬肆意離題。主題式談話成了自由談話，主題是什麼也就不重要了。

活動結束已近傍晚，有人提議有空的人一起去吃晚餐，遙也跟了去。晚餐結束前大家自然地開始交換聯絡方式，遙終於獲得 Kie 的聯絡方式，開心地在心中擺出了勝利姿勢。

櫻花凋零，梅雨的跫音便伴著烏雲逼近，遙在工作上遇到許多瓶頸，成日悶悶不樂。

讀文組的遙之所以選擇系統工程師的職位，便是因為嚮往不需仰賴男人吃飯、得以經濟獨立的職業女性，希望能紮實習得一些ＩＴ技術，有一技之長便不怕沒工作。然而剛進公司的遙還沒什麼技術，自然也沒有專業工作可做，往往只被指使去做些影印文件、預約會議室與端茶端水的雜務。負責指導遙的前輩名叫田村久，比遙大十歲，在遙面前總擺出一副「老子哪有空指導新人啊真是麻煩透頂」的態度，也不大教導技術層面的東西，只頤指氣使地要遙去做些校對工序表助詞文句、製作會議紀錄等瑣碎的工作。但他在上司或公司董事面前又是另一個樣，做簡報時聲音總是精神抖擻，常常夾帶一些聽不懂的片假名詞彙，姿態低三下四，還不時會拚命擠出些幽默笑話逗上級開心。

「啊，該不會是『意識高系』（註2）阿久吧？」

遙向 Kie 抱怨工作不順利時，Kie 的回應出乎遙的意料。

「妳認識？」遙問道。

「嗯，朋友邀我去聯誼時認識的，還交換了名片。」Kie 微笑說道，臉上

註2　意識高系：原文為「意識高い系」，日本流行語，指自我感覺良好、講話常愛夾雜外語詞彙以顯示自己很厲害的一種人。台灣讀者可以想像公司裡那些講話愛夾雜英文的商務人士。

浮現兩道淺淺的酒窩。「講話老愛夾雜英文對吧？innovation 啊 consensus 之類的，渾身散發著一股升遷欲，大家都超傻眼的。」

Kie 在服飾業界做業務的工作，這個業界女性居多，常辦聯誼，若有朋友邀請，Kie 也不好拒絕。

「小遙在 LINE 上和在現實裡，感覺好像是兩個不同的人。」

Kie 對遙如此說道，遙頓時感到自己羞紅了臉，雙頰發燙。

在 LINE 上因為看不到對方的臉，遙可以毫無障礙地與他人訊息往返，但真正見面時卻常緊張得講話支支吾吾，不僅不會找話題，對對方丟出的話題也鮮少能迅速回應。Kie 明白遙的個性，因而總是主動引導，舉凡約會的場所、用餐的餐廳往往都是由 Kie 負責查資料決定，就連在床上，遙也只要把自己的身體交給 Kie 即可。

肉身首次交疊那天，遙嘗到了心醉神迷直至骨髓的感覺，彼此肌膚彷彿積雪融化混而為一，渾身血肉都暴露在對方眼前，髮絲與汗水彷彿回歸天地未開的洪荒狀態，只得委身重力，朝無底深淵直直墜落。Kie 與自己交疊的雙唇柔軟而帶著幽香，落到自己臉上的黑髮如絲絹般滑順冰涼，在自己身上爬行的手指如樂團指揮，知曉一切連遙自身都不曾得知的身體的祕密。只要將身體這支樂團交給 Kie，那帶有魔力的十指輕拂之處，便能奏響五官的交響曲。遙感受著 Kie 的體溫與重量，喘著悶氣、流著熱汗，在 Kie 指引之浮上虛空、進入另一個世界，彷彿尋獲太古原初丟失的另一半身軀，將之重新納入體內，與 Kie 的結合，使遙覺得自己終於成為了一個完整的人。

「小遙，妳是第一次？」

Kie 問，遙緩緩點了點頭，Kie 便嫣然一笑：「年輕真好。」

Kie 比遙年長五歲。遙發現自己喜歡年長的女性，年長才能引導自己、接納自己、包容自己的撒嬌。回首過往，高中、大學時代的單戀對象也總是年長的女性，社團學姊，系上學姊，以及女老師。我才不需要男人，遙心想。有年長女性，不，有 Kie 在自己身邊就夠了。

Kie 的微笑在腦中揮之不去。原先是為了沖淡 Kie 的記憶才在留言板上徵求以身體互相慰藉的對象，沒想到卻好死不死偏偏來到這家曾與 Kie 一起來過的店。待在這家店裡，優的眼前總會浮現 Kie 過往的身影，曾經 Kie 坐在窗邊座位，吃著卡波那拉義大利麵，喝著紅酒，她的黑色長髮滲透著午後陽光，臉龐藏在逆光之中看不清晰，反倒是她的指甲清楚印在腦海之中，紅黃漸層的鮮豔美甲彷彿燦爛燃燒的火焰，又令人想起黃昏時的夕照。

吃完夏威夷米飯漢堡，優啜著酸甜的水蜜桃蘇打調酒，突然發現香凜正沉默地盯著自己看。

「怎麼了？」優問。

「沒有啊，」香凜嘴邊帶著淺笑，「覺得妳好像不太愛說話。」

「我社障（註3）嘛。」

優一邊低著頭說道，一邊在心裡嘀咕：不用我說妳也看得出來吧。

「我去一下洗手間。」說完優便起身離開座位。

註3　社交障礙，原文為「コミュ障」，在日文裡已作為流行語使用，指不擅社交的人或性格，並非真的疾病。

Life Café 雖地處二丁目，看起來卻和新宿通、靖國通那些大馬路上的普通餐廳沒什麼兩樣，天花板上吊著葫蘆形的吊燈，發出微暗的琥珀色光芒，面向道路的牆壁是玻璃牆，從店內可以看到外面的景象。店裡提供許多國家的料理，義大利麵、夏威夷米飯漢堡、墨西哥肉醬飯等，也賣隨處可見的雞塊薯條等炸物，酒精類則是從葡萄酒、啤酒到各種調酒一應俱全。店內採分菸制，優與香凜所在的店面前半部是禁菸區，走過結帳櫃檯、洗手間後，店內後半部則是吸菸區。店門旁擺著書架，陳列許多性少數相關書籍，書櫃上則擺著二丁目的地圖與HIV檢測小冊子，以及各種活動的傳單。店面前方種著幾盆觀葉植物盆栽，高的有到一個人那麼高，此時盆栽全纏繞著五彩繽紛的聖誕燈串，聖誕樹般一閃一閃發著鮮豔的光。

從洗手間回到座位時，香凜正望著手機螢幕發呆，看起來像是 LINE 的畫面，似乎在等誰的訊息，但優決定不要過問。

「妳在留言板上寫自己失戀了，對方是什麼樣的人呢？」

香凜注意到優回來了，便將手機收進包包，如此問道。

「比我年長，女生樣，我想應該是雙性戀。」優回答道。

「應該？」

「我沒問過。」

優搖了搖頭。「我真是不懂雙性戀，明明可以喜歡男生，為什麼要找女生。」

說出這句話的同時，優的腦中浮現了一幅虛幻的畫面。那是 Kie 的幻像，幻像裡的 Kie 身穿全新的潔白婚紗，一頭黑色長髮高高挽起，手裡還捧著純白的花束。優沉浸在那自己根本未曾親眼見過的幻像之中，因而沒能注意到香凜的表情籠上了一層陰影。店門打開，門上掛鈴發出鏗鏘鏗鏘的清澈聲響。歡迎光臨。留著一頭短髮、眉上別著眉環的女店員爽朗地招呼道，將客人迎入店內，帶至座位。

「妳討厭雙性戀嗎？」

香凜一邊用吸管戳著透明檸檬沙瓦裡的檸檬切片，一邊如此問道。

「我不想和雙性戀的人交往了，只是受傷而已。」

優一邊說，一邊試圖在腦中描繪Kie的臉龐，卻怎麼也想不起來。Kie的美麗微笑，以及有關她記憶的吉光片羽雖常在優的腦中閃現，但優發現，若意圖去描繪Kie的臉龐，她卻無法對Kie臉上的各個部位正確地加以回憶拼組。優心想，或許是因為自己總低著頭，根本很少直視Kie臉龐的緣故。

那天秋風蕭索，已帶著些許冬日的氣息，Kie失去了蹤影。

「失去蹤影」這個講法並不正確，只是斷了音訊而已，但對遙而言兩者沒什麼不同。遙不斷在LINE上傳訊息給Kie，訊息卻總是未讀，更遑論有回訊。聯絡不上就無法見面，如此一來便如同人間蒸發。

剛開始遙還以為Kie只是工作太忙沒空看LINE，但過了一週、兩週之後訊息依舊未讀，遙感到事情非比尋常，便嘗試訊息轟炸、貼圖連發，也用免費通話功能打了電話，卻依舊聯絡不上。

曾經，遙以為自己與Kie是以極為堅固的繩索綁在一起，直到音訊不通之後遙才領悟到，那繩索是多麼虛幻而脆弱。聯繫兩人關係的不過是兩臺機器，連接兩臺機器的則是眼不可見、手不可觸的電波，遙暗自懊悔，自己為何竟如此相信這種建立於無形事物上的羈絆會有多堅固？早知道就該向Kie確認LINE之外的聯絡方式。對於Kie的聯絡方式，遙就只知道LINE而已，所有聯絡都透過LINE就足夠了，所以遙也沒想過要問手機號碼，兩人見面時也總是約在外面，因此也不知道家中地址。遙得知Kie在服飾業界工作後曾問過公司名稱，但那公司和品牌名稱都是遙沒聽過的，所以也記不清了。就連Kie這名字是不是本名遙也不知道，當然，遙也沒問過Kie的本名。

說不定只是換了手機導致帳號無法使用，也說不定是到國外出差暫時沒有網路可用，又說不定是出了車禍才會聯絡不上——遙一邊在心中尋思著各種可能，一邊告訴自己，Kie很快就會聯絡自己了。每天早上起床後遙一定立刻打開LINE確認訊息，通勤電車中也手機片刻不離手。工作時手機畫面若跳出什麼通知，遙必定胸口一緊、心臟直跳，發現是毫無關聯的通知後又一陣氣餒。就在這樣的反覆輪迴之中，世界彷彿被什麼巨大的惡意切換至了慢播模式，遙感到每一天都無比漫長。

約莫過了一個半月，遙決定不再一味等待，試圖聯繫上幾位 Cabin 認識的友人，但她們沒有人知道 Kie 的行蹤，也沒有人知曉 LINE 以外的聯絡方式。走投無路的遙只能賭上最後的希望。

平時一直躲著自己的後輩突然主動找上門來，田村掩不住臉上的詫異神情，但對遙而言，要找田村說話也是需要作足心理準備的。

「怎麼啦？」

兩人在會議室中面對面後，田村問道，口氣一如往常冷淡粗魯。

「那個，」遙戰戰兢兢地提問，知道自己的聲音在微微顫抖。「請問你認識 Kie 嗎？」

「蛤？」

田村一陣呆愣。或許這純粹是因為不知道遙在說什麼而有的反應，但由於田村語氣冷淡又緊繃著一張臉，使遙不由得緊張得身體一縮。「妳是在說哪個 Kie 啊？」

「前輩在聯誼時認識的，服飾業界的人。」

田村依舊發著愣，直直瞪視著遙不發一語。遙低頭躲避田村的視線。要是被問到自己和她是在哪裡認識的該怎麼辦？遙心中湧現一股不安。早知道就先想好設定再來找田村了。遙後悔起自己的衝動行事。

突然田村像是想起什麼似的，問道：「喔，妳是說OLUKINU那個？」

田村口中那家公司的名字遙也聽過。遙藏不住心中興奮，回應道：「對，就是她！」

從田村處拿到的名片上印著「春日希依（Kasuga Kie）」這個既陌生又充滿親切感的名字，遙顫抖著手撥打了名片上的電話號碼。OLUKINU股份有限公司您好。電話中不知名的女人職業式甜美嗓音如此說道。那、那個。遙緊張得話筒差點掉落，忙用兩手捧住話筒緊握手中，感覺自己的雙掌正不斷滲出汗水。是，請問您是？電話彼端的女性問道，聲音中帶有些許笑意。

「請問春日小姐在嗎？」

遙顫抖著嗓音擠出這個問題。

「春日暫時不來上班。」

女性聲音依舊溫和婉轉，但遙能感受到她的話語裡多了幾分警戒的意味。「請問您是哪位？」

但遙沒有餘裕回答女性的問題，只以沙啞的嗓音結結巴巴地追問：「為、為什麼？」

「請問您是哪位？」女性又重複了一次問題，這次比上次語速緩慢，每個音節都清楚發音，帶著一種不容逃避問題的嚴峻感，聽來甚至有幾分逼問的意味。

「我是春日的妹妹，我叫春日遙。」

這句話突然脫口而出，就連遙自身也感到不可思議，坐在旁邊座位的田村也以狐疑的表情瞥了遙一眼。

「我和姊姊聯絡不上，所以就想說打到公司問問看。」遙心想，這大概是自己至今的人生中撒得最流利的一次謊了。

「原來是這樣啊，抱歉失禮了。」

彷彿緊繃的琴線突然得以鬆弛那般，女性似乎鬆了一口氣。「春日她現在在請婚假，聯絡不上應該是因為和丈夫在國外旅遊，應該下禮拜就會回來了。」

在那之後女性又說了什麼，遙全聽不清了。遙的雙耳耳鳴般響起一陣高亢聲響，胃裡彷彿有許多小人在開著嘉年華會，蹦蹦跳跳地四處翻攪。遙下意識用手按住腹部，心臟的猛烈跳動卻毫無平息的跡象。女性似乎也從遙的沉默感覺到事情不對勁，便停止了說話。連通兩個話筒的電話線不斷傳輸著空洞的無聲。

不久喀嚓一聲，電話斷線，「嘟——嘟——嘟——」的冰冷斷線聲響起。但遙對此絲毫未覺，依舊拿著話筒，眼神空洞地發著呆。

離開 Life Café 後，香凜沉默地走在前頭，優尾隨在後。夜幕已真正降臨，週六夜晚的二丁目雜沓喧囂，冰冷空氣中各棟雜居大樓四處亮起色彩斑斕的招牌，照耀著來來往往的行人。

男人、女人、男女之間的人；亞洲人、歐美人、從外表無法判斷國籍的人。有的多人群聚，在路邊吵鬧痛飲，有的兩兩成雙，邊走路邊交換火熱凝視，也有的獨自徬徨，靠牆傾頹坐在路旁。

數名反串者身穿豔麗洋裝，站在路邊招攬客人：「要不要來人妖酒吧（註4）坐坐？」香凜從他們面前走過，從仲通右轉走入一條小徑。這條狹窄小徑位於Life Café後方的區塊中，寬僅兩公尺，呈L字形，數間拉子酒吧在此營業，故又稱「L的小道」或「百合小道」。香凜朝其中一間拉子酒吧的門扉伸出手去。

「歡迎光臨。啊，是香凜啊！請進。」

藍綠色的拉門拉開，吧檯內店主開朗的招呼聲便傳入耳中。店主是位年約四十多歲的女性，身穿長袖襯衫，打著水滴圖案的領帶，外面又套著一件深藍色V領背心，褐色長髮燙成小小的波浪捲。店內以黑光燈照明，沉浸在

註4　人妖：原文為「オカマ」，日文裡指男同性戀者或男扮女裝者，雖為蔑稱，但亦有不少當事者用來自稱，因此語感不如中文「人妖」那般帶有強烈歧視意味。人妖酒吧「オカマバー」指由這類男扮女裝者當店員接客的酒吧。

一片深海般的蔚藍光芒之中，她的髮尾看來便也發著琉璃藍的淡光。

「夏子好啊。」

香凜在吧檯邊坐下，說道：「給我一杯調酒吧，老樣子。夏子妳想喝什麼也喝一杯吧，我買單。」

「謝啦。老樣子，Malibu Surf 對吧？」

被稱作夏子的店主優雅地微笑道。「香凜妳真的很愛 Malibu Surf 欸。」

「比起味道，其實我比較喜歡它的顏色。」香凜也微笑著答道。「和 Polaris 的照明很搭。」

被丟在店門口的優抬頭一看，繪有北斗七星圖案的店招上的確寫著店名「Polaris」。還以為她差不多要帶我去旅館了，還要喝啊？而且什麼「老樣子」、「妳想喝什麼也喝一杯」，是有多常來啊——優一邊在心中碎碎嘀咕，一邊跟著走進店內。

狹窄的店裡僅吧檯邊七個座位，吧檯呈L字形，L的短邊靠店面裡側，已先坐著兩名客人。香凜坐在長邊的座位上，與兩人隔著一個位子，優便在香凜右邊就座。吧檯內除店主之外，還有一個約莫二十歲的女孩，正和裡側的兩位客人聊著天。店主一下將利口酒倒進量酒杯，一下用吧叉匙攪拌著玻璃杯，看來忙碌不已。

「她最近被男生告白，煩惱著呢。」

坐在最裡面的栗色長髮女孩指著旁邊少年式裝扮的短髮女孩，一臉古靈精怪地對吧檯內的女孩如此說道。

「我真的不知道能怎麼辦嘛。」

短髮女孩趴在吧檯邊，語氣裡帶著幾分乾脆一切順其自然的意味。或許是來自鄉下地區，她的日語帶著某種口音，在遙聽來有些口齒不清。

「來，久等了，Malibu Surf。」

店主拖著句尾長音，將嵌著檸檬切片的玻璃酒杯遞到香凜面前，酒杯裡裝著透明澄澈的藍色調酒，在黑光燈的照耀下泛著幽光，彷彿深海的藍寶石。店內照明較暗，遙看不清真正的顏色，但仍可以判斷店主的肌膚並非淨白的那種，而是常晒夏日陽光的那種膚色。不過五官頗為端正，眉毛修成漂亮的拱形，一雙大眼，一隻小鼻，笑起來表情柔和，散發著一種和藹的氛圍。

「這位是妳女友嗎？」

店主像是終於注意到了優一般，對香凜如此問道。

「不是，是網路上認識的，今天第一次見面。」

「上網就能輕鬆認識圈內人，時代真的變得好多了。」

店主如此說道，笑容看在優眼中覺得有些誇張。店主問優：「妳要喝什麼？」

「這是什麼？」優指著香凜點的調酒問道。

「Malibu Surf，有夏天的味道。」香凜說道。「優妳喜歡夏天不是嗎？不喝喝看？」

明明剛剛才說自己沒有很喜歡那味道，還推薦別人喝？優心裡嘀咕道。而且既然都說了「不喝喝看？」，那就讓我試喝一口嘛。但香凜似乎沒有這個打算。

給我一杯水蜜桃蘇打。優點了飲料後不知該說什麼，又陷入了沉默。香凜沒有再主動跟優說話，優只得偷聽店內裡側的女孩們在說些什麼。從三人的談話可以得知，吧檯內的女孩叫作曉，栗色長髮女孩叫利穗，少年般的女孩則叫雪，三人都是大學生，曉是在Polaris打工的店員，利穗與雪則是大學同學。此外，不知是利穗還是雪，其中有個人似乎是沒有戀愛情感的。優不懂什麼叫作「沒有戀愛情感」，只是覺得納悶，沒有戀愛情感為什麼要專程跑來新宿二丁目？

明明是為了找一夜情對象上留言板留言的，為什麼會變成在這種地方默默喝酒？優一邊啜飲著水蜜桃蘇打，一邊如此心想。香凜不主動跟優說話，優也不好意思向她搭話。香凜的目的明明也是一夜情，卻搞不懂現在到底在想什麼？明明比自己年長卻不懂得照顧年幼者，這樣不就只是個年近三十、沒什麼看頭的歐巴桑而已？

優好羨慕男同志。異性戀者隨處都有交往對象可以認識，而同樣是同性戀，優聽說過男同志又比女同志容易認識交往對象，一夜情也好找許多，有好多「發展場」可以讓男同志尋求肉體關係。以前上野的「男娼之森」和明治神宮外苑的「權田原」是主流，現在各地也都有男同志三溫暖可以光顧，女同志則往往需要擔心有男人混進來亂，或是有八卦記者來偷拍，因此現實世界中幾乎沒有這類設施。即使是網路上也得擔心網路人妖假扮女生，或是被所謂的女性矜持所束縛，導致很少有人能夠積極尋求對象。

不知過了多久，「歡迎光臨」，店主出聲招呼，優才注意到店裡又來了新客人。客人有兩位，看起來都頗為成熟，目測三十歲上下，其中一個留著黑色短髮，只到頸部，另一個是長到肩膀的焦褐色長髮，瀏海分在右邊，撥向左側。兩人一在優右側的座位坐下，便用優聽不懂的語言開始說起了什麼，由於兩人看著酒單，優推測大概是在討論要點什麼。不久，褐色長髮女孩以日語點酒：「一杯琴通寧，一杯卡西斯柳橙。」

「了解。」店長笑著說，隨口問道：「兩位從哪裡來？」

「臺灣。我住在日本，她是來日本觀光。」

褐髮女孩以略帶口音的日語答道。短髮女孩似乎不懂日文，只靜靜地在一旁坐著。

「臺灣啊。最近二丁目也多了不少外國客人，不知道是不是奧運的關係。」

店長一邊說著，一邊開始製作調酒。

「妳們是臺灣來的？」

趴在吧檯邊的雪抬起了頭，隔著香凜和優向兩位新客搭話道。

「對呀，臺灣。」

褐髮女孩答道，三人便突然用優聽不懂的語言聊起了天，聽起來是中文。什麼啊，原來她也是外國人。優這才明白為什麼雪的日文聽起來有些口音。

話說回來，被夾在聽不懂的語言中間還真是令人煩躁。坐在自己右邊的人與左邊的人溝通無礙，只有自己被語言的語意所離棄，實在尷尬至極。但優也沒有勇氣提議和她們交換座位。同樣不懂中文的香凜只一語不發地低頭滑著手機，似乎是在思考著什麼。

酒精讓優感到些許尿意，便起身上廁所。

回到座位時，香凜說「我差不多該回家了」，然後以兩手食指交叉，對店主說：「麻煩結帳。」

優陷入一陣呆愣，不知該如何反應。店主問香凜：「妳朋友也一起結帳嗎？」，香凜才問優：「妳呢？」

優不懂香凜這問題的意思。

「妳要回家了？」優愣愣地問。

「嗯，明天還有事呢。」香凜說。

不是要去旅館的嗎？妳不是要一夜情嗎？優心裡的聲音當然無法在他人面前說出口，只得與香凜一同結了帳，走出店內。

二丁目的夜愈深愈熱鬧，此時更籠罩在略帶一絲陳舊髒汙而依舊鮮豔的彩光之中，四處隱約可聽到從店內流瀉而出的重低音夜店舞曲，人氣店家門口有十幾個人圍著幾張酒吧桌乾杯談天。

四周街景喧囂，優卻像失了神一般只茫然地跟在香凜身後，刺骨寒風使優不自覺縮起身子，略顯駝背。

走到仲通的南端，眼前便是新宿通，車陣如流，亮著頭燈一輛接一輛奔逝而去。香凜在紅綠燈前停下腳步。

「妳跟來幹麼？」

香凜背對著優，如此問道。

「什麼幹麼……」

優不知該如何回答，只得站在原處呆愣地望著香凜的背影。兩人陷入一陣沉默，沉默被背後二丁目的喧囂與眼前車流的引擎聲切成無數碎段。

「妳這個人，真的讓人受不了欸！」

香凜突然轉身對優大吼。「失戀了就想要別人安慰，年輕就希望年長者照顧，會受傷就不想和雙性戀交往，妳明明事事都只想到自己，卻又不敢採取任何行動，只會等別人替妳做這做那。麻煩妳搞清楚，妳並不是世界的中心！」

莫名其妙的一陣搶白讓優嚇了一跳，只得畏畏縮縮地看著香凜。香凜雙眼圓睜，直直瞪視著優，眼神彷彿要刺穿她。優一邊困惑，一邊虛弱地反駁。

「我沒有覺得自己是世界的中心啊……」

優的聲音很小，香凜不知有聽見還是沒聽見，只是一個勁兒地吼下去。

「失戀誰都有過，這世界每天都有人在失戀，不是失戀就比較偉大，那也算不上什麼悲劇，根本沒有人有義務讓妳撒嬌。說什麼喜歡年紀比自己大的人，其實就只是想撒嬌而已吧？」

妳到底懂我什麼，什麼都不懂為什麼可以說出這種話——優朦朧的意識中反射性地如此反駁，那話語卻說不出口。

「交往對象跑去和別人結婚是很傷心沒錯啦，但妳有沒有想過，不得不做出選擇的那方也很難過？再說這種事多了去了，今後肯定也會不斷發生，妳要是受不了的話，還是早些下定決心，別當性少數了。」

要是能選擇的話我也樂意不當，若能喜歡男生的話肯定要輕鬆上百倍，誰會自己高興沒事找事，選擇生為一個性少數啊？

香凜這陣挑釁話語，使優注意到自己長久以來小心翼翼收藏在內心深處的真心話。

自己既不堅強，也無法堅強，只能依靠他人活下去。偏偏依靠男人這個選項從一開始就被剝奪，又沒有女人願意讓自己依靠。這幾年LGBT啊SOGI（註5）啊PRIDE等詞語四處占據媒體版面，不知不覺間讓優也強迫性地覺得，自己必須像電視上那些社運人士一樣，活得快樂、堅強又獨立，畢竟世上若有人能活得堅強又快樂，那做不到像她們那樣就是自己的責任了。然而面對現實高牆的阻礙，要肯定自己的存在，對優而言還是太過困難。

香凜連珠炮般說完一長串話後，便不再理會優，轉身默默朝新宿站方向走去。優只能呆立於紅綠燈前，望著香凜遠去的背影，直至不見。

春日逝去，太陽西沉，二丁目的夜晚才剛開始。回頭，蒼白街燈與五彩店招懸浮在漆黑的夜幕之中，許多黑影沐浴著那些光芒，在仲通上搖搖晃晃，群聚又離散；接著一切都在視野角落，濡溼，模糊，暈開。

註5　SOGI：Sexual Orientation and Gender Identity，性傾向與性別認同。

太陽花們的旅程

閉上雙眼，顏怡君至今依舊能清晰想起那巨幅的青天白日滿地紅旗，以及其前方的孫文遺像。遺像與國旗兩側的門被疊高的椅子做成的路障堵住，門的周圍雜亂貼著許多黃底黑字的口號橫幅。四面無窗，白色挑高天花板上數列螢光燈管二十四小時潑灑著冰冷光線，使人分不清白晝黑夜。孫文遺像前方的主席臺堆滿了向日葵花，那鮮豔的黃過了四年仍偶爾會出現在怡君的夢中。

「怡君，睏了？」

游文馨出聲問道，怡君的意識才從逐漸侵蝕的瞌睡之中被拉回充滿深藍光芒的店內。左邊兩個日本人不在座位上，似乎已經離開，店內裡側的中國人蘇雪又滿臉睏倦地趴在了吧檯邊。

「只是有點累了，抱歉。」

怡君將裝滿琴通寧的玻璃酒杯靠近嘴邊，啜了一口說道。累也是當然的，怡君這趟觀光旅程為期僅四天，行程塞得滿滿，每天東奔西跑、忙碌不已，昨天才在幅員廣闊、人潮眾多的迪士尼樂園裡走了一整天，今天在淺草寺周邊散步後，又一日雙塔地跑了天空樹與東京鐵塔，接著跑到新宿二丁目接連光顧了兩家店，這行程沒道理不累。明天週日還預計跑三鷹之森吉卜力美術館，然後回馬槍到成田機場搭晚上的飛機回臺灣，週一又要開始上班。

若沒有住在東京的文馨導覽，怡君心想，連五十音都看不懂的自己，說不定現在正在東京夜晚的街頭迷路徘徊。東京的冬天不像多雨的臺北那樣潮溼，出門走路還算舒適，不過語言完全不通還是令人有些不安。

文馨和怡君是大學時代好友，兩人相識已近十年。文馨以前也和怡君一樣完全不會日語，三年半前考上了一個能用英語拿碩士學位的亞洲區域研究學程而來到日本，現在已是博士班的學生，操著一口流利日語，不僅熟悉各個知名觀光景點，連新宿二丁目這種屬於夜晚的地區都如逛自家後院。至少在外來者怡君眼中看來如此。

「這間店叫 Lilith，算是新宿二丁目拉子酒吧中最有名的，很多觀光客都愛來。」

打開 Polaris 的門扉之前，怡君和文馨首先造訪的是家叫 Lilith 的店。Lilith 位於一條小巷街角，門前掛著一幅巨大彩虹旗。文馨指著這家店店門說明道：「不過大概是 women only 的生意難做，最近也開放男客進來了，算是 mix bar，女客仍占九成就是了。」

說完，文馨打開門走進店內，怡君尾隨其後。

雖說店家是出於經營上的考量，但怡君也認為比起限女的空間，不限男女的空間較為自然。怡君覺得自己大概不會有喜歡上男生的一天，不過若被問到男女界線究竟在何處，怡君卻也答不上來。在無法劃分界線的地方硬是要畫出一條線，這種行為在怡君看來相當暴力，無論如何都會使人遭到撕裂。

曾經，對高中、大學時期的怡君而言，男女的區別是相當明顯的，絲毫沒有感到疑問的空間。染色體XX與XY就是不同，內外生殖器的構造也不一樣，不可能搞錯。而讓怡君感到吸引力、觸發怡君情慾、使怡君想抱擁入懷的，永遠都是被分類為女性的那些人，也就是XX的那些人，今後肯定也是如此。在走過為性向認同搖擺所苦的國中時期後，怡君便毫無疑問地如此相信。在知識層面上，怡君當然也知道世上有些人的性別無法二元區分，但對當時的怡君而言，那不過是數量極其稀少的個體，少到甚至無法稱為「少數族群」，他們與自己毫無關係，只消用「例外」兩字便可輕易解決。現在怡君已不這麼想了。

週六的 Lilith 熱鬧非常，時間才剛過晚上八點，約莫三十平方米的空間便已擠滿了二、三十人，分享著彼此的個人空間，喝著酒聊著天。店內照明度不高，泛紅色調的青紫色照明使得人們彷彿披著一層翳影，彩燈球轉動著，無數豔麗的光點沿著牆壁、天花板，在室內緩慢爬動流轉。店內最裡側的木質牆上嵌著螢幕，播放著西洋歌曲的ＫＴＶ影片，歌詞都有片假名標音，螢幕前的狹小舞臺上站著幾個人，隨著音樂擺動身體。唱歌的是站在吧檯附近的三名白人女性，麥克風只有一支，三人遂肩靠著肩圍著麥克風唱，她們唱起來音不準又常搶拍，但仍搖動身軀、揮舞手臂打著節奏，閉著雙眼唱得陶醉忘我。三人周遭又有幾個年輕女孩子也幫著拍手、炒熱氣氛。

一名戴著好幾個金屬耳環的男生樣店員從吧檯內走來，手上端著飲料，文馨點的是梅酒，怡君則是高球雞尾酒。兩人將酒杯放在店內角落設置的壁面層板，包包則放在層板前方的圓椅上。

「請吧。」

文馨暫時離席，走回座位時手上拿著一個玻璃器皿，裡面裝滿了爆米花。「這間店爆米花免費吃到飽喔。」

「真慷慨。」怡君說。怡君聽說二丁目許多店家大都是要收座位費的，但Lilith不僅不收座位費僅收酒水費，還有免費爆米花，真是划算。

怡君一邊吃著鹹味的爆米花，一邊環視店內。店內有兩名店員，一個較為男生樣，年齡約莫二十後半，另一個則是長髮女生樣，外表看來大概三十多歲，兩人都在吧檯後方調著酒，沒在陪客人說話。吧檯邊也坐著幾個客人，自成小圈子熱絡地聊著天。從外表判斷，店內客人約有八成是亞裔、兩成是歐美裔，的確如文馨所說幾乎都是女客，男性大約只有三、四人。之所以說「大約」，是因為有幾個人從外表無法判斷是男性或是男生樣拉子，抑或是ＦＴＭ跨性別者。大部分客人似乎都是和朋友或情人一起來的，各自三三兩兩舉杯談笑，店內雖放著ＫＴＶ的音樂聲，音量也沒大到妨礙聊天。

「臺北好像比較沒有這種店。」

怡君一邊輕輕晃動裝著高球雞尾酒的酒杯，傾聽冰塊碰撞的清脆聲響，一邊對文馨如此說道。臺北的女同志店家比較有名的只有位於中山區一家叫 Whisper 的店，但 Whisper 不算酒吧，算是夜店，付五百塊入場費便能酒水無限暢飲，因此每回總有幾個喝得醉醺醺不堪倒地或嘔吐不止的人。店內充滿薰人煙味，放著吵鬧的夜店舞曲，講話時別說 whisper 了就算 shout 也不一定聽得見，實在不適合聊天。至於同志區，西門町的紅樓算是有名的，但多為男同志店家，怡君也沒去過幾次。

「大概是因為臺灣比較沒有喝酒的文化？」文馨一邊啜飲梅酒，一邊說道。

「感覺大家都是和認識的人一起來，都和認識的人聊天，沒有人來跟我們搭話耶。」

「所以就該我們去向人家搭話啦。」

文馨站起身，一副「我示範給妳看」的神情，拿著酒杯走到附近一張桌子旁，那張桌子面對面坐著兩個客人，文馨便朝兩人舉杯，三人乾完杯後便自然地聊起了天。那兩名客人看起來都是亞裔，一個是女生樣，留著一頭褐色及頸短髮，外表看來比怡君要大上一些；另一個偏男生樣，理著平頭，外表看來粗獷，臉龐卻還算年輕，推估只有二十幾歲前半。怡君也跟了過去，但三人在講日語，怡君聽不懂。大概是文馨顧慮到怡君不懂日語，三人略聊了一陣後，便切換成了英語。

「賓果，她是自己一個人來的，叫作 Yukina。」

文馨指著褐色短髮女孩，用中文在怡君耳邊輕聲說道。「和朋友一起來的人，與那種自己一個人來、在和初次見面的人聊天的人，表現出來的距離感就是會有點不同，只要能看出其中差異，就知道該向誰搭話了。」

「太強了吧，真是高度的技巧。」

「哪裡哪裡，過獎了。」

於是四人便用英語聊起了天。與這幾天在東京街上聽到的充滿日語口音的英語不同，Yukina 的英語講得非常流利好懂。怡君問了 Yukina 背景，才知道雖然她父母都是日本人，但在她小時一家人便搬到了澳洲，所以 Yukina 英語講得還比日語好。她平時旅行世界各地畫畫，這次剛好路經東京。

聊得起勁後，平頭男生樣女孩漸漸跟不上三人的英語對話，發言次數減少，過了不久便點頭示意後拿著酒杯離席。遠來是客，請坐吧，文馨誇張地揮手讓座給怡君，怡君便在空出的座位坐下。

「所以，」

Yukina 左手撐著臉頰，一邊以右手搖晃裝有金色啤酒的酒杯，一邊露出迷人的微笑向兩人問道。「妳們是從哪裡來的？」

「臺灣。妳知道臺灣嗎？」怡君反問道。「一座浮在太平洋上的小島。」

「當然啦，臺灣，亞洲第一個即將承認同性婚姻的地方。」

Yukina 一邊說著，一邊輕啜了一口酒，然後彷彿突然想起什麼似的，咯咯笑了起來。「我記得幾年前看過新聞，說是學生占領了國會？」

「噢，太陽花學運。」怡君作夢也沒想到會在日本的拉子酒吧遇到這個話題，有些尷尬不知如何回應。「那已經是四年前的事了。」

「我旅行過很多國家，但還沒聽過學生占領國會的。」Yukina 一副興致盎然的樣子，盯著怡君的臉看。怡君發現 Yukina 有雙又大又黑的瞳仁，帶有一種澄澈的敏銳感，彷彿能迅速捕捉映入眼簾的人事物，化作經驗或記憶，轉化為自己內在的一部分。那雙瞳雖然深邃漆黑，被那雙眼睛盯著卻像是被聚光燈照射一般，有種無處可逃的感覺。「妳們看起來很年輕，該不會妳們也參與過那場占領？」Yukina 問道。

「嗯。」

怡君裝作一副若無其事的樣子，聳了聳肩，企圖掩飾發燙的雙頰。「那場運動改變了很多事。」

「比如說？」

「比如說，政治傾向，政權，還有……」

怡君停頓了一會，試圖尋找適當的詞語，但不久怡君便領悟到，那場運動帶給自己的影響不是三言兩語說得清楚的，便決定放棄深談。如人飲水，冷暖自知。一旁文馨像是不願碰觸這個話題般，只自顧自地喝著酒。

「許多人的人生。大概吧。」

「這樣啊。」Yukina 盯著怡君瞧了一會，像是察覺她不願多談，便也不再追問。Yukina 喝光手邊的啤酒，朝吧檯內店員舉起了手，用日語點了什麼東西，然後從長褲口袋拿出淡雅的粉紅色紙盒，抽出一根菸叼在嘴邊，點火深吸一口。

對話的突然終止讓怡君有些尷尬，卻也不知道該說些什麼，文馨則默默地滑著手機，似乎也不打算發言。不久店員送來了杯調酒，Yukina 接過酒杯後便彷彿陷入了沉思，一邊沉默地望著桌旁窗外的景色，一邊小口小口啜飲著酒。受到 Yukina 視線的影響，怡君也跟著望向窗外。

店內依舊熱鬧，音樂、歌聲與說話聲喧囂嘈雜，五彩豔光眩目流轉，窗外夜晚的黑卻逐漸深邃濃烈。望著濃墨般漆黑的夜，記憶的船錨猛然拔起，那個決定性的夜晚情景便從怡君記憶的河底甦醒。

那是日光早已西沉、夜幕的黑愈發濃厚的時刻。打前鋒的學生與社運人士翻越立法院外牆，並以油壓剪敲破窗戶闖入議場時，怡君還在公司加班，準備在公司過夜，瞪著財務報表思考著，要怎麼做才能讓第一季度的業績看起來好看些。

「國家都要被賣掉了，妳還在那裡加什麼班啊？」

深夜電話突然響起，電話裡文馨語氣鏗鏘不容分說。「快點過來，我在議場等妳，這裡物資不夠，記得多帶些東西來。」

事件發端為當時掌握政權的國民黨籍立法委員在三十秒內強行通過《海

峽兩岸服務貿易協議》，協議內容以海峽兩岸服務貿易自由化為宗旨，但對於小小的臺灣而言，中國的人口與資本都太過巨大，加上中國當局屢次對國際社會施加外交壓力，企圖在國際上孤立臺灣，使得臺灣人對中國反感日益加劇，因此民間對於協議有不少反對聲浪，認為輕易將涉及金融、醫療、通訊、出版等範圍廣泛的服務業自由化，可能使資金與人才流出、中小企業倒閉，也會讓臺灣人的個人資訊被中國當局掌控，若出版社和大眾傳媒被中資收買甚至可能威脅到言論自由。在此之中，政府與執政黨未盡到說明責任，只態度強硬地一味主張協議必須簽訂，民眾對政權不滿積累已久，立委強行通過協議成了引爆點，終於導致運動爆發。

怡君回家換了便裝，將家裡所有充電器和行動電源裝進包包後，又跑到附近二十四小時營業的超市採買物資。雙手提著裝滿礦泉水、蘇打餅、麵包與巧克力的袋子抵達立法院時，青島東路的鐵門早已被聚集的群眾拆下。聽說學生占據國會而趕來支援的人群擠滿立法院內土地，摩肩擦踵大聲叫喊「警察後退」、「把國會還給人民」等口號，無數手機螢幕光芒懸浮在群眾頭頂，相機閃光燈屢次劈開黑暗，歡呼聲交雜著鼓掌聲喧囂沸騰，雖時值初春，現場籠罩的熱氣卻宛如盛夏。立法院土地內滑溜溜的椰子樹幹等間隔排列，像是鐵柵關住灰白色的議場建築，又似一個個無言的巨人，默默注視著群眾熊焰般的激情。議場出入口被從裡面堵死，外面又有警察把守，想進入議場只能從臨時架起的梯子爬上二樓天臺。天臺上已有十來個學生與公民占領，在他們的幫助之下，怡君才順利翻越二樓窗戶，進入建築內部。

「妳好慢。」

進入二樓時，文馨已經等在那邊了。從二樓可以俯瞰一樓議場，電視裡常看到立委打架的議場如今已被兩、三百個學生和社運人士占領，看到這個光景，怡君心中湧現一股莫名的感動。

「警察已經試圖清場好幾次了。」文馨說。

文馨帶領怡君翻越堆滿桌子、電扇等雜物的樓梯，才終於下到一樓。議場八個門幾乎都已被堵死，只留下一個供人進出，幾個表情嚴肅、看似大學生的人守在門邊充當警衛，周遭有不少警察來來去去，四處充滿凶險氛圍。

怡君讓守門人看過證件、傳達來意，又接受行李檢查後，才獲准進入議場。

進入議場前，怡君腦中想像的是更為混亂的抗議現場：到處畫滿塗鴉，砸碎的窗玻璃與酒瓶碎片四散，雞蛋汁液牽絲黏在牆上，設備與辦公用具也遭到破壞，散亂一地。

然而現場與怡君想像的頗為不同。議場內雖然空氣混濁悶熱，充滿難聞的汗酸臭與菸味，卻仍保持著某種程度的秩序。主席臺後方是由學生領袖與NGO主要成員組成的總指揮部，面對主席臺右手側則有綜合櫃檯接受運動參與者的各種諮詢，還有負責物資管理與分配的物資組，以及由身穿白衣的醫學院學生與醫療機關從業人員組成的醫療救護組。議場內的座椅幾乎全拿去當路障堵門了，因此人們只能坐在地上，或是拿背包當枕頭躺在地上。另外還有糾察組、資訊組、翻譯組、清潔組、法律服務組等小組分工，被分到工作的人各司其職，做著自己的工作，沒有分工或當下無事可做的人則各自聊天、小睡、看書、畫畫，或是製作橫幅與標語牌。也有人正為抵禦警察攻堅做準備，練習非暴力抵抗手段，場內更有幾個人看來像是記者，扛著報導用攝影機四處走來走去。

怡君將帶來的物資交給物資組工作人員，對方清查內容後，發現有行動電源便開心地笑著對某人喊道：

「曉虹，快來，有行動電源了。」

接著便有一個身形修長的女孩從議場後方小碎步朝前方跑來。那女孩與怡君和文馨相同，外表約莫二十多歲前半，身高比怡君高出不少，目測約有一百七十公分。女孩身型頗為瘦削，鎖骨與手臂血管清晰浮起，一頭黑色長髮在頸後綁成馬尾。

「太好了，剛好快沒電了，真是多謝。」

被稱作曉虹的女孩微笑著向怡君道了謝。「沒電我就真的什麼也做不成了。」

女孩接過行動電源，便匆匆回到原本的地方去了。文馨屬於糾察組，回到了自己的崗位上。怡君無事可做，好奇地跟在女孩身後。不知為何，怡君一眼便受到那個女孩吸引。與怡君從前交往過的女孩相比，那女孩並不算特別漂亮，卻渾身帶有一種特殊氣場。女孩鼻影高雕，臉部輪廓清晰明顯，一對眉毛似乎經過悉心修剪，看似兩道彩虹，雙眼皮上長著濃密的睫毛，平瀏海蓋在額頭上。與其女性化的外表不同，女孩的聲音略帶沙啞磁性，甚至讓人感到某種銳氣。最令人印象深刻的是她的眼睛，雙瞳裡彷彿可以讀出某種怡君不知其故的哀傷，以及與那哀傷相反——或者該說一體兩面——的，極為純粹而專一的情感。

曉虹座位上擺著一臺筆記型電腦和一臺平板電腦，平板電腦立在桌上，拍攝著議場內部影像。她將行動電源接上平板，便在筆電前的椅子坐下（只有那裡擺著椅子），開始高速打起了字。曉虹打字速度很快，快到讓怡君彷彿只看見指尖殘影。

「別一直盯著看嘛。」

曉虹沒回頭，手邊動作也沒停下，只嘀咕了一聲，但那音量剛好能讓怡君聽到。「我沒化妝，被盯著看會害羞。」

「沒什麼好害羞的。」怡君說道。「我已經二十四小時以上沒洗澡了。」

「這裡幾乎大家都是這樣。」

曉虹終於停下敲打鍵盤的手指，轉頭望向怡君。「妳是第一次參加社運？」

「算第二次吧。」怡君說。「去年十一月底我也來過立法院。」

「喔，去年十一月底。」

僅憑這樣，曉虹便彷彿了解一切似地露出微笑，輕輕點了幾次頭。「我也想去，不過有事去不了。」

前一年的秋天，十月上旬，包含同性婚姻在內的多元成家民法修正草案送入立法院審查，引發反對勢力激烈抗議。以基督教會為中心的反同勢力動員豐沛的人力物力，買下報紙廣告、拍攝反同宣傳影片上傳網路，四處危言聳聽，宣稱法案通過將導致傳統家庭價值崩壞、愛滋蔓延、道德倫理低落、猥褻雜交成為常態，讓下一個世代的小孩陷入不幸的深淵。最終他們在十一月底從全臺灣動員三十萬人，在總統府前凱達格蘭大道舉辦大規模抗議遊行。做為反制，挺同方也在同一天號召各個主張婚姻平權的性少數團體到場抗議，大家在國家圖書館前集合，預計遊行至凱道附近的外交部前，在那裡召開記者會表達訴求。在文馨的邀請下，怡君也參與了那次號召。

然而當天，怡君等人卻在凱道附近遇上反同方的糾察隊。對方頭戴白帽，以口罩遮掩面容，左臂戴著臂章，紅底白字寫著「糾察隊」，人數約上百人，其中一半手牽著手築成人牆堵在道路中央，堅決不讓怡君等人靠近凱道。另一半則圍成幾個小圓圈，將怡君等人圈在中間，企圖限制他們的行動。結果挺同方無法靠近凱道，只得將記者會地點臨時改至國家圖書館前，其後再繞路遊行至立法院，在立法院前以粉紅色標語牌排出「婚姻平權」字樣，照相後各自解散。

「三十萬人走到陽光下，主張不該給我們結婚的權利，想想就讓人傷心。」怡君說道，說著便覺鼻頭酸了起來。怡君和曉虹雖是初次見面，卻不可思議地覺得彷彿什麼都能向曉虹訴說。不知為何，怡君直覺曉虹是個心胸寬闊的人，能夠接受自己的一切，可能是因為怡君看到曉虹手腕上戴著彩虹色的串珠手鐲，也可能只是因為自己正在參與學生占領議場這種史無前例的大事件，因而感到一時性的情緒高昂，陷入與任何人都能產生連帶的錯覺。

「他們宣稱三十萬人，實際上才沒那麼多。看那照片，了不起十萬人。」曉虹說道。

「不是數量的問題。」

怡君稍頓了一頓，試著在腦中整理想說的話。但不知為何，怡君感到腦中一片模糊，彷彿籠罩著一層白色霧靄，阻礙怡君的思考。「我是高雄人，上高中前都住在高雄鄉下。小學時我曾因抗拒穿制服裙而被班導狠打手心，上國中後知道自己名字的意思是『取悅夫君』，跟父母說想改名卻被大罵不孝。國中時我喜歡上同班的女生，煩惱了好久，好不容易鼓起勇氣到輔導室尋求心理諮商，心輔老師卻只嚴肅地跟我說：『妳知道要是妳變成同性戀，妳父母會有多傷心嗎？』

「高中時來到臺北，身邊多了不少同志友善的朋友，我也就漸漸忘了以前那些事。但是那天，我是真的感受到了明顯的惡意。被對方五個糾察隊員團團圍住、限制行動時，我曾看著他們的眼睛，問他們：『我和你們一樣，都是人，都住在這座島上，一樣工作、繳稅、生活，我和你們哪裡不同？為什麼要剝奪我的權利？』我看到對方糾察隊裡有看起來跟我年紀差不多的女生，我就想訴諸她們的良心。」

怡君邊說，邊感到腦中的霧靄漸漸擴散，司掌思考的核心開始在空中漫無目的地懸浮。即使如此，怡君仍無法停止訴說，話語不斷從心底源源湧出。

「但不管我再怎麼聲嘶力竭、再怎麼用盡言語，他們就是堅決地一句話也不說，不回應也不讓步。他們似乎真的相信，在這個宇宙裡就是有一種人配享受某種權利，另一種人則不配，看著他們的眼睛，我真的感到渾身一陣哆嗦……對了，他們好像還在凱道上合唱聖歌，那天風冷，聖歌歌聲隨風飄來，聽在我耳中卻是充滿惡意的洪水。」

怡君說完，曉虹只是緩緩地搖了搖頭，回應道：「人是無法改變他人的。人們能做的只有自己先改變，進而形成某種令他人改變的契機。」

怡君沒來得及咀嚼曉虹這番話語。腦中擴散的霧靄超過某個臨界點時，怡君猛然感到一陣眩暈，腳下忽地一陣踉蹌。但怡君沒有跌倒，回過神時發現自己已坐在了地上，曉虹蹲在一旁。是曉虹扶著自己坐下的。

「妳缺氧了。議場裡人多又沒空調，含氧量低。」曉虹擔心地問：「要不要找醫療組來看看？」

「不用。」怡君靜下心，做了幾次深呼吸，有意識地將大把大把的空氣灌入腹部，原先逐漸朦朧的意識便又清晰了起來。「大概跟睡眠不足也有關係，我差不多二十四小時沒睡覺了。」

「要睡一下嗎？我去拿睡袋？」

「不用，我坐在這邊瞇一下眼睛就行。」

怡君閉上雙眼，如此說道。即使閉上眼睛，怡君仍能藉由體溫與氣息感覺到曉虹就在身邊，這讓她頗為安心。「妳還有工作對吧？妳能不能一邊工作，一邊給我說說妳的事？感覺妳就算不看鍵盤，打字也很快。」

「我這工作沒法邊聊天邊做啦。」

曉虹說道，聲音裡帶有笑意。怡君感到曉虹也在自己身邊坐下。「不過算了，稍微休息一下也無妨。」

接著曉虹便說起了自己的事。曉虹是資訊組成員，工作內容是將議場內的情況透過網路向全世界直播，同時將最新狀況整理成文字即時對外界發布。曉虹與怡君一樣，都是高雄人，大學才來臺北。大學主修資訊工程，與怡君一樣去年六月畢業，之後便做著程式設計師的工作。資訊工程乍聽之下與社會運動無緣，但曉虹從大二起便積極參與社運，成了臺灣近年各領域接二連三不斷發生的抗議活動與示威遊行的常客。但曉虹其實不常在前線衝，主要任務是後備支援，發揮專業技能製作網站並散播運動資訊。所以像今天這樣打前鋒衝進議場，對曉虹而言似乎也是頗為新鮮的體驗。

之後說的話怡君便不記得了。積累已久的疲勞一口氣湧上，沉重的睡意簾幕般不由分說罩了下來，瞬間便奪走了她的意識。怡君感到自己彷彿在深海中不斷下墜，天花板的眩目白光與周遭的噪音都在逐漸遠退。

不知過了多久，一陣嘈雜聲宛如背景音樂的淡入般傳進耳中，將怡君的意識從深海裡緩緩撈了上來。半睡半醒之際，眼前突然迅雷般閃過樓梯踩空的畫面，怡君反射性地渾身一顫，這才徹底醒了。

「快起來。」

曉虹的聲音在耳邊響起，緊張如拉滿的弓弦。「警察要攻堅了。」

這句話一口氣將怡君的意識拉回了現實。怡君倏地站起身，坐著小睡使她感到渾身痠痛。拿出手機一瞥時鐘，才知道只過了二十分鐘。

此時議場內已充滿肅殺之氣，前一刻還四散各處做著自己事情的參加者都集中到議場前方，排成方陣坐在地上。議場八個門都有學生負責守門，全面進入備戰狀態，等待警察攻堅，臉上寫滿了放手一搏的覺悟。主席臺前學生領袖手持麥克風發號施令，反覆說明警察攻堅時的應對方式。

「我們也過去吧。」

怡君跟在曉虹身後，移動至議場前方，與其他人一樣在地板坐下，環視場內，發現文馨正守在右側一扇門旁。怡君感到一股鋪天蓋地、前途未卜的不安，心臟在體內劇烈跳動，心音幾乎引起輕微耳鳴；即便如此，或許是腎上腺素的效果所致，怡君依舊情緒亢奮，沉浸在前所未有的激情之中。突然怡君察覺到身旁曉虹的手臂勾住了自己的手，便疑惑地望向她。

「和旁邊的人手勾手，萬一警察攻進來就躺在地上，這樣警察要強制驅離也費力，可以拖時間。」曉虹說。

怡君放眼四周，的確大家手臂都緊緊勾在一起，怡君便也和兩側的人勾起手臂。雖說只是拖時間的戰術，和大家雙手勾在一起，即便是完全的陌生人，似乎也能產生一種生死與共的連帶感。

空氣沉鬱滯悶，充滿人類的汗臭與體味，密度高得彷彿凝聚了全世界的時間與空間，只待某個契機便要炸裂開來。然而，感受著身旁人的體溫，看著一張張不認識的臉孔，怡君便覺積在胸中的不安稍稍得到了緩解。

不久，場外嘈雜聲音愈烈，與此同時，議場前方兩扇門啪的一聲打開，堵住入口的座椅路障開始受到劇烈搖晃。大家知道，警察正從前方的門試圖攻堅。負責守門的學生在門邊圍成幾重人牆，第一排學生緊緊勾著手臂，抵禦警察入場，第二排以後的人則抱著前排學生的腰部，支撐他們的身體。

門扇是朝外開的，因此警察能從外面開門，但面對從內堵住的高過成人身高的路障，卻也無法輕易突破。守門學生反覆喊著「一、二、殺」，合力將警察往外推。警察推不倒路障，便試圖從路障間隙將學生拖出議場，但學生人數眾多，又手勾手，警察一時也無法得逞。議場內在學生領袖的指揮之下，坐在地板上的群眾高喊「警察離開」、「守住大門」、「退回服貿」、「捍衛民主」等口號，口號響徹整個議場，感覺連天花板都在震動。

攻了三十分鐘警察仍無法順利突破，不得已只好宣布撤退。獲得勝利的瞬間，議場內爆出一陣巨大的歡呼聲與鼓掌聲，音量撼動耳膜，遠遠凌駕國家音樂廳起立鼓掌時的喧囂，使得前一刻的熱氣又更加沸騰。

「暫時大概不會再攻進來了，休息一下吧。」

曉虹如此說道，怡君便隨她回到議場後方座位處。碰巧此時文馨也來了。

「辛苦了。」文馨說，糾察組的工作已經輪班。「總之，是撐過了一夜。」

掏出手機，螢幕上顯示的時間已接近日出。真的，撐過了一夜。怡君呆呆望著手機畫面，沉浸在感慨之中，倒是文馨朝怡君輕巧地一笑：「晚安啦。」說完便鑽進鋪在議場後方的睡袋中。

怡君從物資組接過睡袋，在議場後方的空間打開鋪好，也鑽進睡袋裡。

但不知是因為方才戰鬥的餘韻猶存，或是天花板冰冷白光眩目的緣故，怡君閉上雙眼仍暫時無法入睡。汗水浸溼衣服，緊貼在肌膚上有些不適。怡君躺在地上，心不在焉望著仍在敲打鍵盤的曉虹的背影。注意到曉虹身體有些駝背時，怡君才終於沉沉睡去。

議場內的生活極為不便，遠遠超乎怡君想像。

場內空調失靈，空氣理所當然地沉鬱悶熱，加上人數眾多，手機也收不太到訊號。議場內沒有廁所，場外又有警察來去徘徊、隨時可能攻堅，能使用走廊上廁所的時間受到極度限縮，要是真受不了，便得在議場內的臨時廁所解決。所謂臨時廁所，不過是在原本供作電話亭使用的小房間裡放置裝了塑膠袋的大型垃圾桶，並在塑膠袋底部鋪滿衛生紙而已。

洗澡也成了大問題。議場內當然沒有淋浴間，最初幾天大家都無法洗澡，渾身飄著一股酸臭味，頂多用溼紙巾或乾洗澡擦擦身子。男生還能脫掉上衣大剌剌地擦上半身，女生就做不到。議場內有媒體常駐，參加者的一舉一動全都有可能在電視上曝光，大家無不緗緊神經，因而更加消耗精力。過了好幾天，議場外的廁所才總算能自由使用，大家也總算能在洗拖把用的大型水槽用洗髮精洗頭。

起初大家都以為不出一個禮拜，大家便會被強制驅離，因此誰也沒有長期抗戰的心理準備。當初沒有人預料得到，這最終會成為一場為期二十三天的長期占領。

議場內的景色單調貧乏，青天白日滿地紅旗加上孫文板著臉的遺像，木質牆壁與灰白色天花板，位於三樓的左右兩排小氣窗便是與外面世界唯一的聯繫。參與者努力裝飾議場內部，企圖使單調的景色多少看起來活潑一些。藝術大學學生努力作畫掛在牆上，有長了鹿茸的馬英九肖像，也有描繪議場內景象的水彩畫，以及鄭南榕像等。各路社運人馬則掛起了反核電、「今天拆大埔，明天拆政府」、支持西藏獨立等各種旗幟、橫幅、標語牌。民眾捐贈的物資陸續送入場內，其中有包含向日葵在內的各種花束，學生把向日葵裝飾在主席臺邊，影像透過媒體傳播，不知不覺太陽花竟成了這場運動的象徵。

除了裝飾外，為鼓舞參與者士氣，NGO成員與學生領袖也不時拿麥克風發表演說，或是向大家報告外界動向與政府反應。麥克風空著時，任何人都能到議場前方拿麥克風闡述自己的意見與主張，講完後贊成的聽眾便會鼓掌聲援。

第二天晚上，幾名臺灣同志諮詢熱線的志工在主席臺旁掛起彩虹旗，發表演說，說同志也是臺灣公民，服貿協議對同志族群而言也是切身相關的問題，這場運動也有許多同志參與，雖然平時不一定注意得到，但其實大家身邊都有同志族群的存在，希望每個人都能看見同志。演說不長，講完大家照例鼓掌喝采，彩虹旗便裝點在了主席臺附近。看到那六色的旗幟，怡君便有股受到認同的感覺。

「彩虹旗竟有機會掛在國會裡，這大概是空前絕後了。」怡君感慨地對打著熱線演說逐字稿的曉虹說道。

「『同志仍須努力』可是孫中山自己說的，在他遺像旁掛彩虹旗，他應該也不會生氣吧。」曉虹回頭，微笑向怡君說道。

然而彩虹旗掛起的影像與照片透過媒體傳出之後，不知為何事情卻變成了「同性戀團體混入議場，偷渡同志議題」，於是便有衛道人士與保守名嘴藉機質疑學生占領國會的正當性。議場內也出現了一些意見，認為最好不要掛跟反服貿無關的彩虹旗，避免損及運動形象、造成反服貿訴求失焦。結果彩虹旗不到一天就被撤下了。

「不想看的東西、不想被看到的東西，就收起來讓大家看不到，這就是自我審查了。」

曉虹一邊用溼紙巾替怡君擦背，一邊語帶諷刺地說。

「被迫忍耐的，總是弱勢族群。」怡君失望透頂，無力多說，只低聲咕噥了一句做為回應。

最生氣的還是文馨。

「我就是個同志，我現在就在這裡，和你們一樣為了捍衛民主，而來到人民的議場。我的女友，她現在也在立法院外陪著我們，你們憑什麼認為這場運動和我們無關？」

文馨透過糾察組組長引介，直接向總指揮部其中一名成員抗議。

「不是說你們和運動沒有關係，只是這關係到整場運動的形象，全國兩千四百萬雙眼睛，還有全世界的人都在注視著這座議場，拜託妳要有更宏觀的視野——」

「忽視不同的存在、排除不同的聲音，這就是你所謂的宏觀視野？」文馨打斷了他的話。「你們這樣，和現在的政府有什麼兩樣？」

「不過是一面旗子，有那麼誇張嗎？」

陳情最後以無效告終，文馨憤然回到怡君身旁。「真要那樣說的話，服貿協議不也只是幾張紙？真的有夠失望。」

兩人在議場後方靠牆而坐，文馨情緒激昂，背部劇烈起伏，怡君輕撫著文馨背脊。

「妳決定呢？要走，還是留下？」怡君問道。

撤下彩虹旗的事件使得不少同志參與者心存不滿，為表達抗議而離開議場，社群網站上對於撤下彩虹旗一事的是非對錯也已議論紛紛。

文馨依舊神情憤怒、一語不發。她的頭髮幾天沒洗，褐色瀏海無力地攤在前額，眼球些微充血，眼睛下方也多出了濃厚的黑眼圈，在惡劣環境中一天只睡三、四小時所累積的疲倦如實反映在她的臉上。沉默好一陣後，文馨才又站起了身，無語地回到自己的崗位。

文馨對總指揮部，也就是議場內的代表機構兼決策機關心存不滿，這也不是第一次。占領國會行動受到全國高度關注、獲得許多民眾支持，警察也數度攻堅失敗之後，議場內對於今後的行動方針意見逐漸分成兩派，一派穩健，主張應繼續據守議場，與政府對峙；另一派則認為應擴大行動，尋找下一個占領目標來讓運動能量持續增幅。總指揮部偏向穩健派，部分擴張派參與者便離開議場，在徐州路上的臺大社科院校區借了教室另立據點。包含文馨在內，意見偏向擴張派卻選擇留在議場的人，有不少都對總指揮部的保守方針頗有微詞；另一方面，穩健派人士也對擴張派分裂般的行動抱持猜疑與不滿。兩派的衝突在議場內雖未表面化，網路上卻已經展開激烈筆戰，分裂的暗影隱然浮現。

繃緊的一線猛然斷裂，是在第五天晚上，以社科院據點成員為中心，部分運動參與者拿油壓剪切斷拒馬的帶刺鐵絲網，攻占了行政院。立法院外靜坐聲援的群眾五天來風吹雨淋，早就積鬱已久，聽說學生攻下行政院終於按捺不住，數千人於是將陣地轉移至行政院內外。立法院議場內也有許多人前往行政院聲援，但文馨選擇留在議場。

夜深之後，一群頭戴鋼盔、手持警盾警棍的鎮暴警察部隊集結至行政院，拉起重重封鎖線，將行政院內外靜坐抗議的民眾團團包圍。與占據立法院時不同，午夜十二點一過，警察首先將媒體趕出行政院，接著出動鎮暴水車，趕在破曉前接連展開了六波驅離行動。

那晚，立法院議場內幾乎沒有人能安穩入睡。大家不只心繫行政院的情況，也擔心警察趁立法院群眾人數減少時展開突擊攻堅，而忙著加強戒備防禦。怡君也加入議場前方方陣，準備在警察攻堅時迎擊，曉虹則是神情凝重地坐在電腦前快速打著字。文馨一臉焦慮地在場內四處踱步，不停地打著電話，卻怎麼也打不通。

凌晨時分，許多人紛紛從行政院返回議場，泣訴警察施暴，有人被警棍毆打，有人遭皮鞋踢擊，許多人都掛了彩，有的比較幸運只有內出血，有的則是鮮血淋漓。網路上許多照片瘋狂流傳，照片中有民眾被警棍敲破頭，鮮血直流，更有照片拍到朝民眾狠狠揮下警棍的員警臉部。夜更深之後，鎮暴水車噴水的影片與新聞影像也上傳到網路上，影片裡群眾瘋狂吶喊震天價響，夾雜高亢尖叫與髒話罵聲，遠處救護車嗚笛聲絡繹不絕，在這些背景音效下，水車不斷從高處對群眾噴水，民眾或蹲在地上，或趴在地面，一邊保護頭部，一邊以背部承受高壓水柱，不幸站著被水砲打到的人便摔倒在柏油路上。警察一邊噴水，一邊還不忘繼續展開驅離行動，將民眾一個個從地面抬起，便不知搬到哪裡去了。若有民眾抵抗就當作現行犯即時上銬逮捕，負傷的民眾則被抬進救護車。激昂的群眾與警員展開劇烈肢體衝突，不時有人丟出寶特瓶、酒瓶或鞋子，飛舞在深夜的夜空中。

警察直到最後都沒有攻進議場，但議場內卻沒有人心存慶幸。行政院內的清場行動破曉前便已完成，但行政院周邊的噴水驅離天亮後仍在持續，逮捕人數與負傷人數眾說紛紜，誰也沒有正確情報。一股沉重的對未來的焦慮與不安如霧靄般籠罩整座議場，許多人表情黯淡陰鬱。學生領袖發表聲明，嚴正指控國家暴力絕不可原諒。

文馨一整夜電話打不通，頹然將頭埋在雙膝之間，無力地癱坐在議場牆邊。破曉後又過了數小時，文馨的手機才終於響起。文馨那從攻占議場之日起便一直守在立法院外靜坐、關注著場內動靜的女友，聽到攻占行政院的行動也前往聲援，卻在行政院外被水砲擊中，倒在馬路上受了傷，送醫治療。雖沒有生命危險，卻在摔倒時撞到頭部，一時陷入昏迷，直到剛才才醒來。手機似乎是在跌倒時弄丟了，現在是在醫院打公共電話。文馨掛上電話後便匆忙趕往醫院，從此沒再回來議場。

「我們在做的事，真的是對的嗎？」

怡君已記不得那是第幾個夜晚。手機液晶螢幕上顯示的數字不斷反覆循環著增加、歸零、增加、又歸零，日與夜的區別要素已不是陽光，全都還原為那數字的變化。雖然從三樓小氣窗勉強可以看到一點天空，但議場內螢光燈太亮，若不仔細看，根本不會注意到外界的光線流轉。在螢光燈的照明之下，空氣中懸浮著無數粉塵，隨著空氣流向飛散至四面八方。怡君坐在二樓平臺投射在一樓造出的陰影之中，隱約看到一隻小黑蟲從眼前飛過，但眨了眨眼那隻蟲便突然不見了，怡君這才明白那只是錯覺。

面對怡君自言自語似的疑問，曉虹低下了頭，像是在思考著。她的長睫毛在下眼瞼拋下淡淡陰影，印著「當獨裁成為事實　革命就是義務」標語的黑色T恤領口附近，鎖骨緩慢地起伏著。曉虹雙眼像是在凝視著一公尺前方褐色地板上一塊不知是什麼的汙漬，又像是什麼也沒在看。

「沒有什麼事是絕對正確的吧。」

曉虹也獨語般低聲說道。「就算真有那種東西，肯定也有人會因它受傷；而會傷害他人的『正確』，本身就已經不再絕對了。」

「所以，我們現在可能是在犯錯？」

「是不是犯錯，只有兩個東西知道。」曉虹說道：「歷史，以及自己的心。」

怡君沉默，無語地環視場內。議場前方因為二十四小時都有電視或網路轉播，整理得相當清潔，只有受到美宣組認可的繪畫、標語與橫幅才能掛在那裡。孫文遺像前方放著黃色標語牌，上面寫著「占領二一四八小時」，計算著占領議場的時間。裝飾著太陽花的主席臺位於孫文遺像前方，其兩側是翻譯組、資訊組、物資組、醫療組等工作人員的作業場所。議場中央用三角架架著好幾臺報導用攝影機，焦點對準議場前方。

另一方面，做為生活空間的議場後方則是截然不同的風景，地板上堆著裝滿物資的紙箱，許多睡袋、棉被、背包、拖鞋、馬克杯、塑膠袋、寶特瓶等物品雜亂無章四處散落，到處都有電線紊亂交錯。學生們在牆上凸出的地方綁繩子當晒衣繩，晾衣服毛巾，牆上則貼有各種海報與報導，以及大家集思廣益討論時使用的便利貼，「垃圾要分類」、「不要把衛生紙以外的東西沖進馬桶」、「借來的東西要記得還」、「禁止塗鴉」等生活守則也隨處可見。附近有幾個人一邊看著筆電螢幕一邊做著伸展操，在那旁邊則有另一群人圍成圓圈討論著什麼事。

占領行政院行動失敗之後，堅守議場便成了最高方針，運動不可避免地迎接長期化局面，各種決策步驟與權限更加明確，各小組的工作分配也愈發細緻。各小組推選組長，組長可以參加決定方針的代表會議，並將會議上的決定事項傳達給各組組員。警察依然包圍在議場外，但已放棄攻堅，參加者因而得以使用廁所，出入也變得更加自由。同時，在一位民間師傅的幫助之下，空調設備終於恢復正常運作，議場內的二氧化碳濃度降到了正常值。全國五十多個學生團體進行自主罷課，有大學教授看到學生來上課，還問他們：「你們為什麼沒在立法院，而是在這裡？」議場內若有人身體不舒服，醫療救護組的值班醫師便會替他們量體溫，按其症狀開藥，即使如此仍每天都有人因身體不適而離開，另一方面，每天也都有新的參與者從二樓窗戶進入議場。在此之中，學生領袖向民眾呼籲，要大家在下個週日前往凱道參加示威遊行。

「激情褪色的瞬間，我有時會想，」

怡君一邊以手指玩著曉虹手鐲上的串珠，一邊說。「這議場就像一座大舞臺，我們只是演員，要對社會展演我們的年輕與激情，藉此換取話題焦點與同情。」

怡君沒有像曉虹那般明確的分工。有資格參與決策的領袖與組長大多是社運與學運的常客，怡君社運經驗尚淺，不僅無法參與決策，也提供不了什麼建設性意見。她既沒有如資訊工程、醫學或法學等專業，企業管理的知識在社運現場也完全派不上用場。怡君不禁感到，自己的所學在承平之時或許會受到重視，但在亂世之中人們真正需要的，卻是能指引人們方向的藝術與抽象學問。怡君所能做的，便是當需要人手時幫忙搬搬東西或整理場地，偶爾向其他參加者借社會學、政治學的書來讀讀而已。

「妳會後悔進來這裡嗎？」

曉虹正視著怡君，如此問道。怡君搖了搖頭。一旁沒有枕頭直接睡在地板上的男大學生，一邊咕噥著什麼夢話，一邊翻了個身。

「雖然有時會覺得空虛，會覺得好像看不到自己在這裡的意義，但我不後悔。」

曉虹的凝視讓怡君有些害羞，別開了眼神。「我不知道自己是不是真的能改變些什麼，但來到這裡之後，我覺得自己有了些改變。」

「什麼改變？」

「以前我總覺得，抗爭啊、遊行啊，這些東西都只是發生在電視裡的事，警察對民眾施暴，也是戒嚴時代的事，是只有在歷史教科書中才看得到的事。不過我現在隱約覺得，過去的歷史與現在的自己，是真的有連結的。」

怡君再次環視場內後，接著說道：「而且我若沒來這裡，有些風景就看不到了，有些人也認識不了了。」

這場運動雖被稱為太陽花學運，其實參加的並不只是學生，還有許多NGO成員、大學教授，以及如怡君這般在一般公司就業的社會人士，組成相當多元。甚至有人為了參加運動，特地從國外趕回臺灣。

蘇菲亞便是其中一人。蘇菲亞比怡君與曉虹大四歲，是曉虹友人，也是翻譯組組長。她在日本公司上班，日語相當流利，負責應對來自日本的媒體、將聲明翻成日文，並在日本網站上進行網路直播。曉虹將蘇菲亞介紹給怡君時，怡君問道：「妳一直待在議場內，日本那邊的工作沒問題嗎？」

蘇菲亞只是聳了聳肩回答：「我有請假，有問題大不了找其他工作。」

蘇菲亞微笑時露出虎牙，樣子相當可愛，讓怡君印象深刻。

「她從以前就是那樣，對很多事都滿不在乎的，不過卻相當清楚自己的意見與主張，也很會照顧人。」

怡君跟曉虹聊到蘇菲亞時，曉虹笑著說道：「她是社運的大前輩，我實在比不上。」

曉虹一邊說著，一邊左右交替轉動兩側肩膀與手臂。大概是在電腦前工作久了，臂膀一轉，便發出啵吱啵吱的骨頭聲。

「我給妳按按摩吧？」怡君笑著招手道：「過來。」

怡君坐在地板上張開雙腿，讓曉虹坐在中間，慢慢幫她按摩肩膀。曉虹肩膀肌肉僵硬緊繃，比怡君想像的嚴重許多，怡君使勁按壓，曉虹便舒服地閉上雙眼，將背部靠到怡君身上。平時穿著衣服看不出來，實際觸碰後怡君才發覺，曉虹的肩膀比自己寬上許多。

「妳之前說妳大二時開始參加社運，那時是有什麼契機嗎？」

怡君一邊按摩著曉虹與肩頸同樣僵硬的上臂，一邊如此問道。曉虹似乎是沒聽見問題，只是閉著眼睛不說話。

「大學時代，我滿腦子想的就是戀愛與就業，平均每個月跑一趟Whisper，也在網路徵過好多次友。」

怡君靜靜地說：「我朋友——她叫文馨——她常跑抗議活動，也找過我去，但我總覺得那些示威遊行很可怕，也覺得就算去了也改變不了什麼。」

「大二時，我發現自己是個T。」

曉虹突然冒出這句話，打斷了怡君的述說。

「T？」怡君忍不住一笑，「我還沒看過這麼娘的T。」

「不是妳想的那個T。」

曉虹的聲音雖隱含笑意，卻似乎帶著一些緊張，聽來略微沙啞。「是LGBT的T，也就是跨性別。」

曉虹低頭說道。怡君的指尖感到曉虹身體正輕微地顫抖著，但那並不是讓怡君手指停下的原因。

「因為我喜歡女生，有很長一段時間我都以為自己就是個異性戀男生，我身旁的人也對這件事不抱有絲毫疑問。但我錯了，我是個女生。直到二十歲，我才終於發現這件事。」

後來怡君回憶起這件事時總是會想，若當時自己能做出不同的反應，事情是否會有所不同？怡君大可笑著輕拍曉虹肩膀，說些像「真的假的，我都沒發現」或是「妳可以早點跟我說嘛」的臺詞，又或者單純回答「謝謝妳告訴我」。「幸好妳發現了。怎麼樣？當女生感覺還不賴吧？」這臺詞也還不錯。幾年後的怡君肯定能夠做出更為巧妙的回應，但當時的怡君還沒那麼成熟。當時的怡君堅信自己只能喜歡女生，卻從未想過女生是什麼。怡君直覺地感到，自己對「前男性」曉虹的情感可能會威脅到自身的女同志認同，卻壓根沒想到，「前男性」也當然毫無疑問地是個「女性」。

怡君腦中一片混亂，陷入了沉默。曉虹也沒再多說什麼。兩人無語相對。半晌，曉虹緩慢站起身，將睡袋在地板上攤開。

「晚安。」曉虹說完便鑽進睡袋，轉過了身去。

那便是怡君記憶中，曉虹最後的身影。

再睜開眼時，曉虹已經不在那裡了。曉虹用過的睡袋捲得整整齊齊，收在收納袋之中，歸還給了物資組。電腦、平板以及背包不見蹤影，鞋子、衣服等私人物品也都消失了。曉虹工作時坐著的椅子，如今坐著一個怡君沒說過話的男大學生，怡君借給曉虹的行動電源則接在了那男生的平板上。

怡君也顧不得刷牙，便在議場內四處尋找。怡君只找到蘇菲亞，便問她曉虹的下落。

「她出國啦，搭今天的飛機。」

蘇菲亞一臉詫異地望著神色慌亂的怡君。「怎麼，妳不知道？」

怡君搖了搖頭，蘇菲亞便接著說：「她在國外找到工作了，本來預計三月中旬要飛的，但沒辦法，遇到這種狀況，只好把班機延期。但進公司報到的日期是固定的，也改不了。」

怡君沒問曉虹去了哪裡，也沒問聯絡方式。怡君覺得自己沒資格問。怡君回到議場後方，靠牆坐下，發著呆。下午，學生與NGO團體在立法院前召開記者會，公布了週日集會遊行的流程；傍晚，馬英九召開中外記者會，針對運動的四項訴求做出了府方回應。針對沒有實質內涵只是空談的府方回應，運動參與者愈發不滿，學生領袖遂發表聲明，批評馬英九回應缺乏溝通誠意。對這些你來我往的攻守應酬，怡君只是茫然自失地旁觀著。

讓怡君再次振作起來的，是週日湧入凱道的五十萬群眾，以及由五十萬人共同合唱的「島嶼天光」。

已經袂記哩　是第幾工
請毋通煩惱我
因為阮知影　無行過寒冬
袂有花開的彼一工

在文化界、學術界、音樂界、勞工團體、醫療團體及各種ＮＧＯ團體與學生團體的演說之後，遊行以全體大合唱作結，彼時夜幕已然低垂，歌聲仍在總統府前響徹雲霄。參加者以手機畫面代替螢光棒，左右搖晃唱著歌，漸黑的夜空之中無數的手機光點儼然一片光海。半年前遭反同勢力包圍的凱道，如今卻充滿著希望的光芒，望著那片景象，怡君心中也滿是感動。怡君告訴自己，世界是可以改變的，一定會有所不同，運動還沒結束，還不到失落的時候。

一週之後，立法院長王金平進入議場慰勞參與者，隨後便在議場外發表讓步聲明，情況急轉直下，事態邁向終結。隔天，運動領袖群在議場發表退場宣言；又三天之後，怡君也跟著其他參與者一起，手持一朵向日葵走出議場，仰頭望向睽違了三個禮拜的藍天。

「末班車時間快到了，現在不回去就得通宵囉？」

不知第幾次從瞌睡中醒來，怡君望向四周，Polaris 內除了店長與店員外，便只剩下怡君與文馨了。年約四十後半的店長與看起來二十前半的店員在吧檯後方悠閒地擦著玻璃杯。店長注意到怡君醒了，便微笑地用日語說了些什麼。

「她說什麼？」怡君問文馨。

「她說如果妳累的話，可以趴在吧檯邊小睡一下。」文馨回答。「如何？」

怡君坐在座位上伸了伸懶腰，便覺去了幾分睡意。「我出去吹吹風。」說完怡君便打開拉門，走出店外。

冬季的夜風沁寒刺骨，怡君忍不住打了個哆嗦。抬頭望向天空，無邊夜空中僅懸著一彎淺黃的上弦月，無語守望著地面上的世界。附近有幾間店僅半掩著門扉，溫暖的橙色光芒夾雜著熱鬧的談笑聲自門縫流露而出，不遠處傳來陣陣夜店音樂，路邊坐著幾位醉客。從這邊看去，便能看到仲通上依舊人來人往。這是怡君第一次來到二丁目，但怡君已經喜歡上這裡了。在這喧囂雜沓、龍蛇混雜的區域，怡君永遠不知道轉過下一個街角會看到什麼，正因如此，也才有一種萬事萬物都能得到包容的安心感。

怡君有時會想，若沒參與那場運動，企管系出身的自己現在或許還在某間公司的管理部門，每天盯著股價走勢圖、努力撰寫業務企劃書。那場運動使怡君注意到法律與政治的重要性，因而決定報考法律研究所，後來又通過律師考試取得律師執照。而中途退場的文馨，雖然似乎不太願意談到那場運動，但她之所以辭去穩定的大企業職位，為了看看更寬廣的世界而決意留學，想來或許其中也有那場運動的影響。

如今怡君已不再期盼著想和曉虹再見一面了。正如怡君傷害了曉虹一樣，曉虹也傷害了怡君。那場運動中有太多人受到傷害，也有太多願望無法實現、太多念想遭到蹂躪。在那之中，沒有人是特別的，同時，所有人也都是特別的。無數光輝的軌跡交錯在那一點，創造出一瞬的燦爛，幕落之後，大家都有各自必須行走的道路、各自必須完成的旅途。

怡君想起那場運動的主題曲。直到現在那旋律怡君依舊會唱，歌詞也仍銘記於心。

天色漸漸光
咱就大聲來唱著歌
一直到希望的光線
照著島嶼每一個人

「真的要趕不上末班車了喔。」

文馨一邊說著，一邊從店裡走出。「要再到下間店續攤嗎？」

晚風吹過，文馨的長髮隨風搖曳。怡君望著文馨，強而有力地點了點頭。

「嗯，走吧，去下一間店。」

拂曉之前，還有很長一段旅途要走。

而現在，兩人都還在旅途途中。

成不了蝴蝶鳥兒

忘記在哪裡讀過的：同性戀是初戀即出生，戀人不得戀，便是無人接生，無人抱養，立即便可為棄兒（註6）。但這句話，蘇雪怎麼也無法真正理解。

蘇雪不懂戀愛為何物。當她向人坦承此事時，對方總是會回以「那是因為妳還沒遇到對的人」、「妳一定也遲早會遇到真心喜歡的人，別擔心」這類

註6 語出張亦絢《壞掉時候》。

臺詞，使蘇雪喪氣不已。說出這類臺詞的人用意在於鼓勵，眼神裡卻多半帶著某種憐憫，彷彿好希望把自己所擁有的珍貴寶物施捨分配給眼前貧乏的悲哀之人，讓她也懂得這寶物的好處。蘇雪並不覺得自己哪裡貧乏或悲哀——就算看到有人似乎很享受地吃著納豆，對不敢吃納豆的自己而言，又有什麼必要自憐自艾？

若說同性戀者是初戀即出生，那我豈不是永遠出生不了，甚至是乾脆被拖回母胎之中？趴在「Polaris」的吧檯邊，蘇雪一邊感受著坐在身旁的野川利穗的體溫，一邊模模糊糊地思考著。許是週六晚上的緣故，店內幾乎客滿，玻璃酒杯放到桌上發出的悶響，以及吧檯金屬椅腳與木質地板摩擦的聲響，夾雜著眾人的談笑聲，使得店內略顯喧囂嘈雜。

利穗正與名叫曉的店員說著話，店長夏子則和名叫香凜的客人聊著天，四個人講的日語混在一起，實在聽不清楚；反而是離自己較遠的，坐在門口附近的兩個臺灣人說的中文聽得還比較清楚，但畢竟有些距離，細節也聽不真切。

蘇雪並不把二丁目當成自己的心靈故鄉。那些為男同志開的店家，身為女性的自己進不去，為女同志開的店家雖能進去，聊著聊著話題總會聊到喜歡的女生類型或是過往的戀愛經歷，讓蘇雪覺得談話之中，總有種被視為潛在性對象的感受。

近年雖也多了不少不限性別皆可進入的酒吧，但店家既各有其歷史，客群自然也就有所偏頗。就算只是個看似不帶成見的問句：「妳的性取向為何？」，多數情況下，這問題本身便包含了想知道對方是否能成為自己戀愛對象的確認意圖，隱含著一種期待，希望對方回答的性取向與自己是相同的。若在此時回答「無性戀（asexual）」這個代表「不對人抱持戀愛情感」的詞語，總像是迎面一刀斬斷了對方的期待，多少便會殘留些許尷尬。

即使如此，與外面的世界相比，二丁目待起來仍算是舒適的，至少在這裡遇到的人有比較高的機率，會認可性別與性取向的多元性。在外面的世界，無論是大學裡或是打工場所，若自己未明確表示，往往便會自動被歸類為異性戀，被男人視為性的對象，一旦如此，即使對方並未有明確的追求行動，兩人之間的關係也會出現某種扭曲而不自然的雜質，對方可能毫無脈絡地稱讚「妳今天很漂亮」，可能突然因不明原因送禮或請吃飯。就算假作遲鈍，故意裝成並未察覺對方的追求之意，一旦周圍不相干的閒人注意到了男方心意，總不免多管閒事，試圖撮合兩人。

當周圍的人開始試圖說服蘇雪「他這個男人，人還不錯啊」，或是意圖製造機會讓兩人獨處時，便會逼得蘇雪好想撒手逃開、一走了之。

所以蘇雪偶爾會來二丁目走走。蘇雪在一間中國餐廳打工，位於新宿三丁目，距二丁目僅五分鐘路程，打工下班後到二丁目喝一杯，相當方便。待在二丁目裡，至少便能從「異性相吸、鳳須求凰」這種外界的常識，以及「生而為人，戀愛理所當然」這種無形壓力中獲得解放，使得蘇雪輕鬆不少。

今天週六夜晚，蘇雪難得下班較早，便約了利穗，一同來到 Polaris。

與利穗雖是在二丁目認識的，但兩人碰巧就讀同一所大學，學年也相同，聊起來頗為投機，不久便結為好友，相處融洽。利穗自認是個非性戀者（nonsexual）

（註7），常與蘇雪談天，傾聽蘇雪的心事。近來蘇雪在職場認識一個名叫朱士豪的同事，一樣是中國來的留學生，對蘇雪展開強烈追求，周圍的中國同事也瞎起鬨地想把兩人送作堆，這便是蘇雪最近的煩惱。

在進入現在的中國餐廳之前，蘇雪曾在大學附近兼兩份差，一份是便利商店，一份是舊書店，兩處職場都氛圍頗佳。便利商店除店長外，店員共有五人，國籍彼此各異，兩個中國人，一個韓國人，一個印度人，一個越南人，打工下班後坐在事務所裡略事休息，吃著便利商店的供餐便當，與其他店員閒談之間，便能得知各國不同的風土民情，這時光讓蘇雪頗為享受。有次大家約好，穿上各自的民族傳統服飾，帶著自己國家的料理一同外出野餐。當時蘇雪還留著長髮，便穿上傳統漢服，月白上衣，淡藍長裙，另一個中國男生則穿著灰色長袍，其他三人，韓國女生穿著粉紅色赤古里裙韓服，

註7　無性戀（asexual）與非性戀（nonsexual）是日文世界特有的用法，簡單而言，前者指對他人不抱戀愛情感，後者雖有戀愛情感，對他人卻不具性慾。這與英文世界涵義不同。

印度女生穿橙色絲綢紗麗，越南男生穿藍色越南長襖，五人站在一起色彩繽紛、光鮮亮麗，不論搭電車時，或是在代代木公園野餐時都吸引了不少目光。

另一個打工地點，舊書店是間社區小店，店長是位六十多歲、髮鬢發白的男性，店員僅蘇雪一人。那間書店的主要客群為大學學生，蘇雪常有機會與主修不同學門的學生聊上幾句，頗為充實；若店裡沒客人，則獨自坐在店內櫃檯後方看書。店長為人相當親切，常從鄉下老家帶些自種的蔬菜水果送給蘇雪，過年時還包了一包「年玉（壓歲錢）」，說這是日本的傳統文化，要蘇雪收下。

但過了一年多之後，似乎便有什麼東西開始不對勁了。那個中國男生注意起蘇雪的一舉一動，工作時常有意無意地悄悄望向蘇雪，有時兩人一同走路回家，並肩走在人行道上，男生絕不讓蘇雪走在人行道外側，若有汽車經過，也會誇張地伸手過來，作勢要保護蘇雪。起先蘇雪還能裝作沒注意到中國男生的異樣舉動，但過了不久，就連其他店員甚至店長的行動也怪了起來。在事務所休息時，不知為何，只要蘇雪與中國男生同時在場，其他店員就會急著回家，連供餐也不吃了；班表上，和中國男生排在一起的班次似乎也變多不少。即使如此，蘇雪仍然告訴自己是自己想太多了，然而當情人節對方送了巧克力告白，蘇雪終於也無法繼續裝作沒這一回事。

同一時期，書店這邊也發生了變化。店長餽贈的頻率逐漸增加，不久便有事沒事都要塞給蘇雪一些小禮物，起先只是些小餅乾小點心、旅遊時買的手機吊飾或人偶一類的伴手禮、自己做的醃漬泡菜等，到後來，有次注意到蘇雪手機反應變慢，甚至還說要出錢讓蘇雪換支新手機。手機的提案蘇雪當然拒絕了，但又過了一段時間之後，蘇雪感到店長似乎意圖增加與自己的肢體接觸，無論是替蘇雪取下擺在書架高處的書時，或是將薪水袋交給蘇雪時，都刻意觸摸了蘇雪的手。

終於兩邊都待不下去，進入新學期後，蘇雪便都提了辭呈，手機號碼改掉，LINE 上也把店長和店員都封鎖了。蘇雪找到的下一份工，便是新宿三丁目的中國餐廳，這份工蘇雪也很喜歡。同事幾乎都是中國人，大家感情不錯，有時會聚在一起開餃子趴或火鍋趴，到了端午節與中秋節，也弄來粽子月餅分著一起吃，大呼懷念。蘇雪本就喜歡做菜，在餐廳擔任內場職務如魚得水。為了不要再給人喜歡上，蘇雪乾脆把長髮剪了，衣著打扮也弄得如少年般男孩子氣。這樣打扮，做起菜來也方便得多。

朱士豪是三個月前進來的，那時秋季學期才剛開始。士豪雖是漢族人，卻像是混了蒙族人的血一般，臉型輪廓陰影頗深，膚色黝黑，刮剩的鬍子在人中與四方形的下巴上蔓延，身形頗高，肌肉結實，明明年紀才二十五，額上已爬著幾條皺紋，推得短短的髮型也處處見白，像是沾著點點粉雪。他為人勤奮，工作時手腳相當俐落，下班後同事邀喝酒，他也總靦腆地笑著婉拒，說是自己必須把握時間念書才行。但大家在背後倒也不會說他不識抬舉之類的壞話，或是嘲笑他書呆子、死宅男，因為他雖不擅言辭，個性卻頗為和善，有著一種只要在場便能和緩當場氛圍的不可思議的氣場。他不大主動談及自己的過往，但似乎也無意隱瞞，只要有人問起，他也會老實以對，談起自己來日本的原因，以及過去的經歷。

他出身陝西省農村，考大學時雖然北大清大等一流大學名落孫山，卻也順利考上北京一所還算有點名氣的工科大學。在他老家農村，考上大學本身就已是件了不得的事，士豪便身負親友家族的期盼，老實地相信知識的力量終究可以翻轉社會階級，一個人搬到了北京居住。

然而四年之後，士豪從大學畢業，立刻便陷入了失業的窘境。無論怎麼尋找，都找不到符合自己專業的工作，缺人的職務總是那種工資大約每月兩千人民幣的清潔員或販賣員，以那種微薄工資，連北京市中心的房租都付不起。士豪與朋友一起搬到北京郊外，六環路附近一棟便宜公寓裡一間十五平方米上下的房間一同居住，每人每月負擔五百塊租金。房間裡既沒有廚房也沒有衛浴，牆上壁癌恣意生長，爬滿整面牆，壁面坑坑疤疤，凹陷處還長了霉，呈現一種藍菌般的顏色，床鋪是破破爛爛的木製上下鋪，士豪睡上鋪，朋友睡下鋪。公寓每層樓有一間公共衛浴，骯髒又散發著尿臭味，一層樓住著約四十個人，因此早晚衛浴總是人滿為患。公寓裡沒有洗衣機和冰箱，衣服得自己用肥皂和洗衣板手洗，當然也無法開伙煮飯，肚子餓了就到附近的便宜餐廳吃碗五塊十塊的湯麵或炒飯，有時想吃奢侈點，就點二十塊的東坡肉蓋飯。每天的生活，就是重複著起床、吃飯、上網找工作、抽菸、睡覺的輪迴。那時士豪才知道，自己已成了幾年前便聽過的所謂「蟻族」的一員，也有人叫「鼠族」或「北漂青年」，反正意思都差不多，都是那種為了在首都北京生活下去、築夢追夢，而努力不懈的貧窮年輕人。

半年之後，士豪幸運地在中關村一間賣電子產品的店鋪，找到一份每月工資三千元的販賣員工作，遂展開了每天早上搭著擠沙丁魚般的公車轉乘地鐵、花兩小時通勤的生活。又半年之後，士豪終於受不了如此累人又耗時的通勤生活，便決定搬到市中心。新房間離地鐵站走路只要十分鐘，是間位於地下室的房間，那裡本來是地下停車場，為了因應急遽增加的居住人口，才由政府主導改建為租房，房間狹小，五平米到十平米都有，這樣的房間密密麻麻幾十間，擠滿了整個地下空間。地下的房間當然沒有開窗，一年到頭都籠罩霉味，既會漏水，又無隔音可言。士豪租的房間約八平米，房租每月一千塊，雖然生活品質低落，工作也忙碌不堪，士豪依舊沾沾自喜於自己終於得手的、那小小的北京夢。

但是兩年之後有天，士豪突然覺得自己不能再這樣下去。販賣員的工作再怎麼努力也提升不了專業技術，大學所學的專長也未能活用，工資永遠都是那死死的三千塊。即使畢業已過三年，士豪依舊被每天的生活追著跑，存款數字絲毫不見起色，想給家裡送錢，那只是一場春秋大夢；就算是現在住的地下室，下場大雨，大水一淹，也就淹在水底了，到時自己可才真是兩手空空，什麼也沒留下。士豪想著，或許回鄉下老家才是正格，但自己明明受了高等教育，卻還這般窩囊廢，又有什麼面目回去見家鄉父老？家族親戚的期盼此時成為沉重的負擔，士豪怎麼也背叛不了，何況此時若走了回頭路，那麼一路走來的努力，豈不全歸作了夢幻泡影？

正好那時，士豪聽住在東京的朋友談起，近年日本政府因國內勞動人口不足，正努力試圖引進外國勞動力。在東京，就算只是普通打工，每小時工資換算成人民幣也有六十塊，努力點一個月掙到一萬塊也不是不可能，若當上正職員工，工資還可能更高。士豪完全不懂日語，原先對日本也沒什麼好印象，但為了回應家人的期待，他決定拋開無謂的反日情緒；至於日語，學就是了。士豪把存款一把擲下，不夠的就向人借，東拼西湊好不容易才湊到了入學費用與授課費，按友人的介紹進入一間位於東京、專為中國人開設的日語學校就讀，又在學校暗地裡的介紹之下，開始在一間中國餐廳打工。他住在日語學校的宿舍，三人共租一間十五平方米的房間，每人每月房租兩萬五千日圓。東京房租高昂超乎士豪想像，但生活環境比住在北京時好上不少，士豪也就接受了。

士豪吃過的苦，是生長於南京一個還算富裕的家庭裡的蘇雪所難以想像的。士豪聊天時談起自己的經歷，往往使蘇雪聽得入神，蘇雪對士豪勤奮認真的工作態度也抱持著一股敬意。但那與戀情仍是截然不同的情感，因此當士豪突然展開追求，實在讓蘇雪不知如何是好。

「那個……我喜歡妳，能不能跟我交往？」

某天下班之後，士豪語出唐突，使得蘇雪陷入哭也不是、笑也不是的窘境。都什麼時代了，能這般不搞曖昧又不耍手段試探，而以如此木訥質樸的語言扔直球告白的男人，說不定早已瀕臨絕種。士豪告白時大概也沒考慮過時間地點，附近還有幾個同事正在店內打掃、準備打烊，一聽到士豪這句話，同事們不約而同停下了手邊的動作。蘇雪朝士豪的臉龐凝望了好一會，他一如往常樸實木然，看來面無表情，彷彿剛才說出口的，不過是像「聽說明天會下雨」這類的臺詞。

蘇雪不斷絞著腦汁思考該如何回應，卻說不出隻字片語，陷入沉默，同事也只在一旁靜靜地看著兩人。蘇雪不希望傷害士豪，因而不斷找尋著能不傷害對方又能表達拒絕的言詞，但不久便發現，自己的沉默似乎有可能被誤解為羞赧，反而會帶給對方希望。一想到這點，蘇雪忽然感到臉上一熱，心裡焦急地想著必須趕快做出些什麼反應，然而口中卻只艱難地吐出一句「抱歉」，兩個字擲在空中尚未塵埃落定，便逃也似地匆忙衝進電梯，離開了當場。下到一樓時，蘇雪已感到懊悔不已：自己的反應在旁人看來，豈不像是古老年代那種看到男人就臉紅的過時的黃花大閨女？蘇雪一邊心想，一邊嘲笑著自己的笨拙，竟連好好地表達拒絕都辦不到。

在那之後蘇雪便敏感地察覺，同事看待兩人的目光產生了些許改變，又過了一陣，還有同事乾脆直接來勸蘇雪與士豪交往，說些「他人窮是窮，畢竟是個勤奮的好青年」之類的話。士豪本人雖然並未明確催促蘇雪給出答覆，但從工作時某些細微的舉動與眼神，蘇雪便知道他仍在等待。蘇雪不禁在心中嘆息，明明對自己而言，和大家做同事、做朋友最是愉快，卻為何世上的人偏偏都愛把事情搞複雜、往戀愛那邊拉扯？有人說婚姻是戀愛的墳墓，但對蘇雪而言，戀愛才是所有其他關係的墳墓，只要戀情這種不純物質摻雜其中，人與人之間純粹的關係都將產生質變，將此前所有關係的積累全都化為一場空。

蘇雪忖度著是時候該給出明確答覆了，有天下班後便把士豪約出來，兩人一起走進新宿三丁目站的地下通道，蘇雪尋了一個不起眼的角落之後，便對士豪說：

「你的心意我很高興，但很抱歉，我對談戀愛沒有興趣。」

蘇雪只是誠實地向對方傳達自己的狀態與感受，但士豪表情依舊難掩失望，沉默了半晌之後，才艱辛萬狀地擠出了一句問句：

「是因為我窮嗎？」

蘇雪忙搖頭回答：「不是，這跟窮不窮沒有關係，是我的問題，我真的沒興趣談戀愛。」

「別開玩笑了！」

士豪突然大吼出聲，那還是蘇雪第一次看到士豪憤怒的表情。「與其找那種奇怪的藉口，不如明明白白地說妳不想和窮人交往，這樣我心裡還舒服一點！」

蘇雪覺得麻煩透了頂，心想如果聽這種謊言會比較舒服的話，那就乾脆說個謊給他聽也無妨；但轉念一想，憑什麼自己就必須扮這嫌貧愛富的黑臉？蘇雪於是再次正面面向士豪，一個詞一個詞緩慢而鄭重地擠出口去。

「不是藉口。我對，戀愛，真的，沒興趣。拜託你，了解。」

聽了這句話，士豪凝視著蘇雪的雙眼之中，浮現了一種似乎了解了什麼的神色。

「我懂了，原來是這樣。」士豪喃喃咕咕地喃喃自語道，「妳對男生真的沒興趣啊？」士豪望著蘇雪的臉龐，輕輕以雙手包覆住蘇雪的左手。「妳是蕾絲邊？」

士豪這句話使蘇雪發了半晌愣，但沒等蘇雪反應過來，士豪又喋喋不休地喃喃自語下去：「抱歉，我真的沒遇過像妳這樣的人，不知道該怎麼反應才好……對嘛，所以妳看起來才那麼男孩子氣……但畢竟還是女孩子，只要試試看，應該還是能喜歡男生的才對啊……啊不對不對，我真的不懂，剛才那句話當我沒說。」

話已至此，就連否定都顯得愚蠢不堪，蘇雪用力甩開對方的雙手，「反正，」蘇雪轉過身去，背對著士豪如此說道，「我不會和你交往，放棄吧。」

蘇雪不給士豪時間反應便大踏步地向前走，也顧不得那是不是自己要搭的路線，便逃也似地從最靠近的剪票口刷卡進站，走下月臺離去。

「妳沒跟他說妳是無性戀？」

聽了蘇雪說完事情始末，利穗如此問道。

蘇雪搖搖頭。「他大概也不懂什麼叫無性戀，講了只是更難解釋而已。」

「有道理。」利穗說。

無性戀這個詞是利穗教給蘇雪的。剛聽到這個詞的時候，蘇雪還有些抗拒把這個標籤貼在自己身上，因而反駁道：「沒必要把所有東西都一一命名、貼標籤分類吧？」

「若接受某種分類能讓自己對自身的存在感到安心，那分類又何妨呢？若沒有用以指稱的名詞，連自己是什麼都不知道，那不是太令人不安了嗎？」聽了蘇雪的話，利穗靜靜地說：「同性戀、雙性戀、跨性別，前人費盡了千辛萬苦，才好不容易替自己命了名。這些名詞的存在，證明我們並非孤單一人；而沒有用以稱呼的名詞，就等同於尚未出生、尚未真正存在。」

我也花了好長時間，才終於找到適合自己的名詞——說完這句話，利穗開始說起自己的故事。

利穗高中就讀女校，當時周遭的同學無不爭先恐後地交男友、獻出第一次，彷彿情人是地位的象徵，有了男友就高人一等。大家聚在一起談天，話題大抵不出誰誰誰男友好帥，第一次是什麼感覺等等。有人關心利穗：「利穗妳還不交男友嗎？」，也有人嘲笑：「還是趁早經驗一下吧，那麼珍惜第一次，是要獻給誰？」，每每總讓利穗覺得無地自容。利穗倒也不是特別珍惜所謂的處女之身，不過就是沒那麼積極地想談戀愛或與人做愛罷了。

「利穗妳是那個叫什麼來著的嗎？戀愛恐懼症？」常聚在一起的女生之一如此說道，「我在網路上看過，說是過去的戀愛創傷如何如何影響導致的。」

「咦！利穗，妳談過戀愛喔？」另一個女生尖著緊急剎車般的嗓音，如此問道。

利穗並沒談過戀愛，也不覺得自己有什麼創傷，但仍偷偷擔心說不定自己真的生了什麼不知名的病。所以當升上高二的利穗發現自己喜歡上一個學妹時，真的打從心底鬆了一口氣。雖然對方是同性，那仍讓利穗感到安心，畢竟自己也是一個能夠戀愛，有能力喜歡他人的正常人。利穗並未對學妹表白，因為要是被拒絕了想必十分傷心，就算沒被拒絕，一想到之後可能的發展，那便讓利穗提不起勁。

第一次與人交往，是剛上大學的時候，對方是大自己一屆的社團學長，利穗本就頗為敬慕，因此在對方向自己告白時，利穗立刻就答應了。那段時間兩人過得頗為開心，有時牽著手一起在校園裡散步，有時到遊樂園或水族館約會，有時一起看完電影後互相討論感想。然而一個月之後某個約會的日子，學長突然要求接吻。利穗雖然覺得接吻對大學生男女情侶而言是極為正常的行為，卻仍無法壓抑從心底湧上的本能性的厭惡感。學長的雙脣乾燥粗糙，口中散發著口水與廚餘混在一起般的臭味，鼻子下方的鬍鬚尖尖刺刺，唾液的溼黏感極為噁心，牙齒碰撞的聲音也令利穗感到刺耳。學長接吻時閉著雙眼，神情恍惚看似頗為享受，利穗卻兩眼睜得圓大，全身僵硬，不知如何反應是好。不久，利穗感到學長正試圖將舌頭伸進自己口中，便反射性地闔上嘴巴，將那黏膩的舌頭拒於雙脣之外。四脣相觸已經如此難忍，若還讓他舌頭進來，說不定自己真會忍不住嘔吐。學長雙脣離開，詫異地望著利穗，利穗則是想也不想，轉身便小跑步地逃離當場。

跑回家中之後，利穗直喘著氣，顫抖著雙手在網路上鍵入「戀愛恐懼症」、「性厭惡症」等關鍵詞搜尋。利穗心想，就算真是病也無妨，至少要知道自己生的是什麼病。在資訊的重重密林之中，利穗終於找到了「非性戀」這個名詞，閱讀網路上自認非性戀者的經驗分享，雖然每個人的情況與感受似乎頗為不同，但利穗終於在那範圍廣闊的光譜之中，找到了屬於自己的棲身之所，首次獲得了確知自己是誰的安全感。

「不論過程如何，就結果而言，是那個學長替我創造契機，讓我注意到自己到底是誰，讓我明白自己並不是個有病的人，所以現在我心中其實還滿感謝他的。」

利穗邊說，邊喝了一口伏特加底的透明雞尾酒。利穗述說的經驗與蘇雪有所重疊，使得蘇雪聽得情緒有些激動。

「妳和那個學長後來怎麼樣了？」蘇雪問道。

「後來啊，」利穗說得有些吞吞吐吐，像是在尋找適當的詞彙。「我向學長說自己可能是非性戀者後，他就回答，那什麼啊沒聽過，妳是生病了吧？我說，我沒有性方面的需求，他就說，可是我有啊，妳就偶爾配合我一下嘛好不？結果直到我們分手，他還是無法理解。」

「我也有段時間，覺得自己可能是個不正常的人，」蘇雪說道，「覺得自己是個無法愛人的無能之人，是個不具備身為人理所當然所應具備的素質與能力的缺陷品。」

蘇雪生於南京市中心，大行宮一帶。孩提時代的大行宮雖不如現在這般繁華，也還沒有地鐵，但走出家門不久，周遭就有好幾棟複合商業大樓聳立，也有圖書館、美術館與歷史博物館。

蘇雪從小便愛看書，讀了好多西洋童話與中國神話和民間傳說，那裡面有好多都是王子與公主的故事。但讀得再多，蘇雪怎麼也無法理解為什麼王子要親吻已經死去的白雪公主，又為什麼要那麼辛苦東奔西走尋找能穿玻璃鞋的女孩。蘇雪問了母親，母親便笑著說：

「那是因為王子心愛著公主啊。」

蘇雪心想，原來如此，愛還真是一種了不得的能量。《梁山伯與祝英台》中祝英台之所以能跳進梁山伯墳墓，兩人化作蝴蝶雙宿雙飛，《白蛇傳》裡白素貞之所以為了救許仙，心甘情願永鎮雷峰塔，《長恨歌》裡唐玄宗與楊貴妃之所以發誓，又是比翼鳥又是連理枝的，想必一切都是愛情的力量。一想到成為大人之後便能體會那種足以超越生死的奇蹟般的能量，蘇雪就恨不得自己能趕快長大。

時間過得好慢，我也好想快點變成蝴蝶或比翼鳥，在天上飛翔。蘇雪如此想著，不久便想到了一個好主意：既然成為大人就能懂戀愛，那麼換句話說，只要懂戀愛，不就是大人了嗎？那自己也趕快戀愛就好啦！

但即使蘇雪問母親，「要怎樣才能戀愛呢？」，母親也只是回答，「妳還小，還不懂」，所以蘇雪也沒問出個結果，只能試著自己找答案。蘇雪一一回想自己讀過的那些關於愛的故事，接著便發現了一件事：故事裡那些男生跟女生，常常會把身體依偎在一起，互相擁抱，有時候似乎還會親吻彼此。

蘇雪心想，既然自己是女生，那只要找一個男生，做出像故事裡的那些主角所做的事，不就好了？

一胎化政策之下，蘇雪當然是獨生女，家裡沒有同年紀的男孩，只能往學校找。隔天蘇雪便在小學的下課時間，在走廊上突然抱住坐在自己隔壁的男生，把自己的嘴脣貼到他的嘴脣上。那男生似乎嚇了一跳，站在原地全身僵硬，過了好一會才回過神來，大叫一聲「妳幹麼啦！」並把蘇雪撞飛，讓蘇雪在地上跌了一跤。但男生抵抗得太遲，兩人接觸的光景已讓周遭好幾個同學所目擊，不一會兒，喧囂的起鬨聲便如煙火綻放般，在四周炸開來。

「男生愛女生！玩親親！羞羞臉！」

面對嘈雜起鬨的同班同學，那男生只能火紅著一張臉大喊：「閉嘴啦！才沒有，別亂講！」，可惜吵鬧聲絲毫沒有要收斂的意思。但蘇雪在意的，是另一件事：自己已經抱過了男生，也親了他，但似乎依舊不懂什麼是戀愛。這也是理所當然，畢竟如果懂了，那自己現在應該已經變成蝴蝶鳥兒在空中飛了，既然還沒辦法變身，那就表示自己還不懂。還有一件事讓蘇雪感到疑惑：明明是自己跑去親那個男生的，為什麼大家都還口口聲聲說「男生愛女生」？難道就不能「女生愛男生」嗎？是因為大家都不說「女生愛男生」，才害自己的戀愛計畫不成功嗎？

班導師問蘇雪為什麼要做那種事，蘇雪老實回答，班導師便忍不住噗哧一聲笑了出來，接著又斂了斂表情，一本正經地告訴蘇雪：

「這種事是急不來的，等妳長大就懂了，知道嗎？」

後來每當蘇雪想起這件往事，總會羞得不可自已，恨不得能挖個地洞鑽進去；但那個事件就宛如一個預言，蘇雪終究直到長大，都未能體驗戀愛之為物。

初中時，蘇雪習慣在家中附近的早餐店買早點，再邊走邊吃走到學校。所謂早餐店，說穿了只是簡易攤販，有輪子的餐車那種，每天早晨，那些攤販便會魔術也般地突然出現在路旁排成長長一列，賣些包子、饅頭、餡餅、油條一類的早點，大多數攤販都只有一個人在顧，但蘇雪常光顧的店家則是由一位年約五十多歲的大叔擔任店長，另有一個看來十七、八歲上下的年輕男生幫著在旁打下手。那間店賣的豆漿特別濃郁美味，包子也肉餡飽足，是以蘇雪時常光顧，漸漸地便與店長和那年輕男子熟稔了起來，店長常親切地免費多送個饅頭，或是多送杯豆漿。

「妳初中幾年級啊？」

店主做早餐時，年輕男子若雙手得空，有時便會向蘇雪搭話，柔軟而溼潤的朝陽浸染之中，兩人便有一搭沒一搭地聊個幾句，講些漫無邊際的閒話。

「二年級。」蘇雪回答。

「二年級啊……」

那男生頂著一頭近似光頭的平頭，彷彿是整理頭髮太麻煩便乾脆全部剃光那種感覺。男子用手指敲敲自己的頭腦，靦腆笑道：「看我，明明讀過初中的，但二年級都學些什麼，我也全給忘了。」

蘇雪不知道那男生的本名，只知道店長是他父親，管他叫阿輝。阿輝一張臉黝黑，似乎常曝晒在陽光之下，額頭占了臉部面積的三分之一，眉毛粗黑如蜈蚣，幾乎要連在一塊成為一字眉，有些鬥雞眼，彷彿只能看到前方一米之內的景物。幫忙做早餐時他會戴手套，因而不容易注意到，後來蘇雪才發現阿輝的雙手到處都沾著斑點似的黑汙。

「這是機油。」阿輝神情羞赧地說。

阿輝不擅長念書，讀完義務教育初中畢業後，便到修車工廠拜師學修車，早上隨父親顧店，早餐時間過後收攤，阿輝便獨自前往工廠，由於每天都要摸那些汽車配件，黑色機油早已滲入肌膚之中，洗也洗不掉。蘇雪光是在學校寫作文時，右手小指沾到原子筆的油墨或鉛筆的石墨便受不了，往往一到下課時間便急著去洗手，她偷偷在心裡想著，要是雙手十指都弄髒，自己肯定受不了。

「沒辦法啊，這孩子笨，不像姑娘妳那麼聰明。但我就想，一輩子賣早餐總也不是個辦法，只好送他去工廠，看能不能學點技術，以後也能討口飯吃。」店長嘴上雖然謙虛，一張臉堆著笑，卻難掩對獨生子的驕傲與期許。

「現在時代也不同啦，也不是說會念書就一定比較行，有句話說嘛，說什麼？行行出狀元，是吧？」

蘇雪就讀的初中禁止學生談戀愛，但人心情感終究不是校規綁得住的，班上到處都傳著某某與某某某在交往的傳聞，當然都是瞞著老師與學校私下來往，要是被發現可免不了一頓罵，甚至可能還會受到校規處分、影響升學。與此同時，特別是那些男生，彼此之間常常分享怎麼想都不是以正當手段入手的成人影片，或是知名女演員的裸照，這些影片照片透過雲端硬碟流傳全班，甚至和其他班級共享。

蘇雪雖對那些事物沒興趣，但為了打進大家的話題，蘇雪也會聆聽大家口中談的戀愛八卦，影片照片也偷偷下載下來看了幾次；但蘇雪怎麼也無法明白，為什麼成人影片裡那些男人女人要演得那麼誇張那麼假，為什麼知名偶像或女演員甘願讓人拍裸照，又為什麼同學們會對那些東西興奮不已。因此，當同學們聊到那些影片，蘇雪也只能一語不發地側耳傾聽，反正大家也談不出什麼正經感想，頂多就是情緒激昂地發出一堆毫無意義的感嘆詞罷了，因此蘇雪的沉默，倒也不怎麼顯眼。

雖然蘇雪尚未經歷戀愛，但當時的她已然明白，就算真戀愛了也成不了蝴蝶鳥兒，更無法死而復生，所以倒也不怎麼著急。上初三後準備中考（高中入學考），課業一口氣忙碌了起來，使得蘇雪更沒心情也沒時間思考那些事了。

有天買早餐時，阿輝問蘇雪週末有沒有空，要不要一起出去走走。蘇雪本就想偶爾離開書本放鬆一下，便答應了阿輝的邀約。兩人都想到寬廣些的地方慢慢散步，便相約到明孝陵。

「其實我一直有個疑問。」

冬天的陽光吝嗇小氣，像是篩了好幾層篩子，落到地面的僅剩一點光線的殘滓。樹木大多都已花凋葉落，只餘清冷的枯枝殘葉朝天伸展，宛如在求天垂憐，賜予什麼恩惠似的；那些許未落盡的殘葉，也多半已褪為暗黃，或是染上一層紅霜。兩人一邊一如往常地閒聊，一邊踏著由銀杏黃瓣與凋枯楓葉鋪成的地毯，走在神獸石像成排並列兩旁的神道之上。「大行宮我也住了十多年了，怎麼也搞不懂，這裡又沒有宮殿，幹麼叫大行宮？」

「行宮，是以前皇帝外出巡幸時住的宮殿。」蘇雪說明道。「從康熙皇帝之後，有好幾個皇帝都把那裡當行宮，所以才叫大行宮。」

「宮殿都不見啦？」

「大都拆光啦。從你家的店走個幾分鐘，不就有個江寧織造博物館？那裡就是行宮遺址，康熙皇帝住過的。你沒去過啊？」蘇雪班上歷史課時，曾去校外教學參觀過。

「聽是聽過。」阿輝說。

明孝陵位於中山陵以西，兩座陵墓與北方的山脈合在一起，名為鍾山。要前往明孝陵的核心部位，寢宮，必須走過一條神道，光那神道便占地遼闊，上坡路蜿蜒曲折，走起來頗為累人。中途經過孫權墓以及紅樓藝文苑，蘇雪興致盎然地四處遊覽拍照，阿輝則是在一旁靜靜地看著蘇雪。

「那是手機嗎？」阿輝問。

「智能手機，能拍照，也能連網。」蘇雪回答。當時智慧型手機剛普及，蘇雪生日時爸媽送了一臺當禮物。阿輝聽了，沉默地點了幾次頭。

度過拱狀石橋金水橋後再走一陣，琉璃瓦屋頂與朱紅色高牆便映入眼簾，牆上開著三個拱形門洞，兩側又各開著一個方形門，但開放通行的僅最中間的門，其他都被朱紅門扇給掩上。往前走過供奉石碑的碑殿，穿過幾道朱紅門洞，又過了一座橋，眼前便出現一座約莫十五個成人身高加總的宏偉灰白城牆，一座琉璃瓦屋頂的朱紅宮殿莊嚴地坐鎮其上。從城牆後方的樓梯爬上宮殿，朝下俯瞰，群樹籠罩的冬日山景便盡收眼底。

「這裡就是陵墓核心了。」蘇雪說道，「皇帝就葬在這後面。」

「這樣啊。」阿輝答應道，「這裡埋的是哪個皇帝啊？」

「咦，你連這都不知道就跑來啦？」蘇雪驚訝地說，音量不自覺地升高。「明朝葬在南京的皇帝也就一個，就是創立明朝的明太祖朱元璋囉。」

「喔，朱元璋，我聽過。」阿輝笑著說，神情顯得有些害羞。「皇帝的墳墓那麼厲害，一個人就用一座山啊？」

「中國很大，山要多少有多少。」蘇雪說，「朱元璋下一個皇帝就把首都移到北京了，所以之後的皇帝陵墓都在北京，叫『明十三陵』。」

「妳真的很聰明。」

「沒有啦，我也只略懂些常識而已。」

話出口後，蘇雪才發現自己失言，這不等於是在說阿輝缺乏常識？並不是阿輝沒有常識，只是兩人所認為的常識大有不同罷了。但這話要訂正又顯得太刻意，蘇雪只得閉上嘴，從城牆上靜靜望著一路走來的灰色石板路。阿輝也無語地眺望著景色，神情若有所思。

從城牆上俯瞰，方才走過的石板路與石板橋一直往前延伸至遙遠彼端，消失在霧靄籠罩的群樹掩映之中。步道上遊客三五成群地散著步，兩旁樹木半禿著頂，枯枝與枯枝間，寒磣的褐葉任風吹拂擺盪，有時就告別枝頭，逕自飄舞落下。蘇雪垂至背上的長髮也隨著微風輕輕搖晃，清風拂過髮絲之間的觸感，涼爽而舒適。

突然蘇雪感到髮上似有異狀，一轉頭，發現站在一旁的阿輝正以手撫摸著自己的頭髮。蘇雪還來不及反應，便發現自己突然被阿輝的雙臂抱入懷中。蘇雪一陣手足無措，窮於反應，只是發著呆愣，彷彿正受到擁抱的並不是自己，而是某種空虛的軀殼。蘇雪抬頭，阿輝突出的喉結就在眼前，這時蘇雪才第一次意識到阿輝比自己身形高大許多，也比自己強壯有力許多。模糊恍惚的意識之中，浮現在蘇雪心裡的竟是一個毫不相干的念頭：敢在明太祖墳上幹這種事，要是現在是明朝，總免不了被問個大不敬，凌遲處死吧。

「放手！」

空了一拍，蘇雪的意識才終於跟上情況，便使盡渾身力道推開阿輝。但阿輝並未被推開得多遠，只是後退了幾步。蘇雪抬頭，發現阿輝一雙眼睛裡帶著驚訝的神情，心想：該驚訝的是我吧？蘇雪感到一陣尷尬，只想逃到阿輝的視線所不能及之處。

「我先回去了，再見。」

說完，蘇雪便轉身走下城牆，下山而去。蘇雪感到全世界的人都在盯著自己看，路上一次也不敢回頭，也不敢抬頭，只低著頭碎步向前。走著走著，突然想起小學低年級時曾對鄰座男同學做過的事，不禁在心中暗自苦笑當時的自己真夠蠢笨。

包括父母在內，那天的事蘇雪沒對任何人說。有男生向自己表白心意，而自己也明確表達了拒絕之意，那麼事情就該到此為止，塵埃落定。蘇雪在心中做出如此結論。

然而這樣想的似乎也只有蘇雪而已。隔週早晨，蘇雪一如往常前去阿輝店內買早餐，誰知店主一看到蘇雪，便皺了皺眉頭，低著嗓音，一臉不悅地說道：

「妳不要多念了幾本書，就看人不起了。」

蘇雪感到一股寒意從身體深處升起，猛地向四肢竄開。「怎麼了嗎？」蘇雪努力保持冷靜，如此問道。

「反正我們就是窮，配不上大小姐。」店主瞇著兩眼說道，眼神如利箭刺痛著蘇雪的臉。「我們家的確沒幾個錢，但好歹還是有些尊嚴的。」

蘇雪實在不懂他在說什麼，只得呆呆地愣在當場。店主說完了話便不再理會蘇雪，視線回到手邊，自顧自做著早點，彷彿蘇雪只是一團飄在一旁的煙霧。蘇雪望向一旁的阿輝，他卻只是避開蘇雪的眼光，似乎也不願多說什麼。半晌，蘇雪才好不容易擠出一句話。

「我本來就沒有這種意思，跟你們窮不窮沒有關係。」

「既然沒有這種意思，那幹麼和我兒子單獨出去呢？」

店主頭也不抬地回了一句：「妳這不是在勾引我兒子是什麼？」

那算勾引嗎？明明是你兒子邀我的吧？蘇雪早餐也忘了買，前往學校的路上，模糊的腦中不斷思量著店長的話語。是因為自己不懂戀愛之為物，因為自己缺了某種做為人所該具備的基本零件，所以才無法理解這種潛規則、這種他人內心的微妙之處嗎？彷彿這世界存在著某種事物，是所有人類都能共享並理解的，卻只有自己不得其門而入；周圍的人們都照著某種特定旋律圍成圓圈瘋狂起舞，卻只有自己聽不到那股旋律，只能獨自一人站在圓圈中心不知所措。一思及此，蘇雪便似乎回到渴望理解戀愛的孩提時代般，又焦急了起來。

進了高中之後，談戀愛終於不用再像初中時期那樣躲躲藏藏、害怕父母老師知道，於是此前飽受壓抑的同齡人們的青澀情念遂一口氣受到解放，陸陸續續在四處抽出了戀情的新芽、成長茁壯，直似一片枝繁葉茂、百花撩亂，一切的一切又使得蘇雪心中的焦慮更加強烈。蘇雪也曾跟隨周遭風潮，試著和兩、三個人交往過，卻都未能順利。分手之後對方懷恨在心，不久四處竟傳起了各式各樣的惡意謠言中傷著蘇雪。蘇雪對這些感到難以呼吸、宛若窒息，碰巧那時有間東京的大學來蘇雪的高中宣傳他們學校的國際教養學系課程，蘇雪聽完說明，便順手拿了一份招生簡章。

出了「Polaris」後左轉，走幾步路便到了二丁目中心的道路，仲通。狀似石英結晶的六角柱形街燈散發著蒼白光線，聖誕彩光燈飾也閃耀著橙黃色光芒，彷彿對抗似的，雜居大樓的霓虹店招也成排成列地潑灑著五彩光輝，宛如火焰般看起來幾乎要延燒到一旁殺風景的枯樹樹枝上。人們沐浴在耀眼群光之中，在暗夜斗篷的籠罩之下，盡情喝酒、談笑、嬉鬧，往來雜沓不知從何處走出，不知在追尋著什麼，又不知消失在何方。雖然時值冬夜，仍有幾間店家店員不怕冷似地穿著露出肌膚甚多的洋裝，站在路邊招客，路旁雜亂無序地矗立著表面遭到鏽蝕的變電箱、積滿灰塵的空調設備室外機，以及自動販賣機，許多上面都擺著啤酒箱，或是喝完的酒瓶酒罐。紅色燈號顯示著「空車」的計程車接連四五臺，排成一列在仲通上緩慢前行，等待醉客伸手招呼。

蘇雪覺得，新宿二丁目就像個夜晚才會出現的巨大蟻窩，有這許許多多的螞蟻棲息其中，每夜每晚來往於各個不同的房間之間，但又有多少螞蟻能了解蟻窩全貌？而真正的螞蟻，即使一隻隻看來無有不同，說不定也各具獨特個性，其中或許也有會與同性交配的，也有終其一生與交配行為無緣的蟻隻。

利穗右手牽著蘇雪的左手，兩人並肩走著。兩人的手都凍得僵硬，但握在一起便感到一股溫暖之意，彷彿體內有一股溫暖的氣流輕飄飄地升了起來，擴散至四肢，這使蘇雪感到安心不已。就算不解戀愛為何物，自己依舊深知他人的溫暖，如此的自己便也算是個完整的人了。蘇雪心想。

仲通與花園通交會的十字路口，巨大的ＨＩＶ檢驗廣告看板一如往常顯眼地掛在那裡；從那路口右轉，沿花園通直走，便來到分隔二丁目與三丁目的御苑大通，從此處便能進到地鐵站。若是過了御苑大通，便能走到蘇雪打工的中國餐廳。若由此往南一個街區，不起眼的小路裡便有一間叫「Lilith」的女同志酒吧，以及一間叫「Lounge Twilight」的夜店，還有外表看來略顯汙髒的商務旅館；但寬廣的花園通上則沒這樣的店，有的是泰國料理店、韓國料理店、臺灣料理店，以及信用金庫和月租停車場。

走到御苑大通時，手機通知響起。蘇雪停下腳步，從包包裡取出手機，解鎖畫面，盯著螢幕看了好一會兒。

「誰啊？」利穗問道。

「士豪……就是那個跟我告白的男生，傳了信息來。」蘇雪說，「說是因為想更了解我，聽說新宿二丁目有很多同性戀者聚集，便一個人跑來了，結果迷了路，又不懂日語無法問路，問我能不能過去救他。」

「什麼啊，這男的還真可愛。」利穗噗哧一聲笑出聲來。「去救他啊？」

蘇雪有些猶豫。「可是……」

「一直逃也不是辦法嘛，既然對方都誠實表明心意了，我們也就好好說明，他應該能理解的。我陪妳去嘛，來，」利穗轉過上半身，便要循原路往回走，「走吧。」

利穗瀏海隨著寒風飄搖，焦褐色頭髮髮尾為御苑大通上車流的車前燈照亮，反射出水亮的光，小小的嘴脣露著淺淺的微笑，雙眼皮底下兩隻水靈靈的大眼正直直望著蘇雪瞧。蘇雪朝利穗臉龐望了一陣，才終於下定決心。

「我知道了。」蘇雪點了點頭，再次解鎖手機畫面，按下微信的通話鍵。

「走吧。」

撥號聲響起時，兩人轉身，再次朝仲通邁出腳步。

夏日天鵝

——又是一個夜。

環視著客人離去後空蕩蕩的店內，北星夏子默然在心中嘆了一口氣。

正如水鐘滴漏般，一個又一個夜晚撲通、撲通地滴落，積累而成歲月，轉眼間在 Polaris 度過的夜晚，早已超過四千夜。四千多個夜晚之中，有時一整夜沒半個客人光顧，有時則是從開店到打烊一直都客滿，沒有半個空位；許多夜晚沒能在記憶裡留下任何印象，也有許多夜晚，窮極一生也忘不了。

今夜似乎是個相對平常的夜晚。末班車剛過的這個時段，店內常會空空如也，因為那些沒打算玩通宵的客人都趕著搭末班車回去了，而本就打算要通宵的客人，也還沒過來。等夜再深一些，便會有些喝到第二攤、第三攤的人，或是在夜店跳舞玩累了，想在酒吧安靜喝一杯的人前來光顧。週末與假日的前一天，這樣的傾向尤其顯著。

「我出去抽根菸。」

對正洗著酒杯的曉如此說道後，夏子便帶了菸灰缸，走到店外。回頭要順手拉上拉門時，正好瞥見吧檯內的曉帶著清澄的微笑凝視著自己。那笑容純粹而稚嫩，儘管外頭空氣凜冽刺骨，但望著那股笑容，夏子便感到身體深處升起一股暖流。

夏子靠在店門外的牆邊，取出一根菸叼在口中，點起了火，深深吸了一口菸後，感受著香菸的氣味填滿自己的胸肺，接著再朝空中緩慢吐出。白色的煙霧與氣息一同送出，緩慢攀升，而後逐漸消逝於虛空之中。夏子靜靜地望著香菸尖端，在火焰的侵蝕之下，菸體一吋一吋逐漸化作死白色的灰燼。

夏子所在的這段長度僅約五十公尺的狹窄斜巷被稱作「L的小道」，數間女同志店家群聚於此。轉過L形道路的轉角，那間歷史較 Polaris 略長的老店「Asio」就開在一樓，深綠色木質門扉微微開著一絲縫隙，門縫裡偶爾間歇傳出陣陣笑語。Asio 對面建築的一樓是其姊妹店「Ajare」，店內亮著暖色調的橙黃燈光，從毛玻璃門模糊透出，隱約可見；其隔壁的建築二樓則是一間叫「BAR Ten」的店，店內面積比 Polaris 略小，吧檯邊卻有十個座位，店裡氛圍較為熱鬧嘈雜，雖然也歡迎第一次上門的客人，客群仍以常客居多，今晚店內窗戶也敞開著，僅掛了一塊防寒塑膠簾幕，從外面便可窺見店裡醉客正喧囂著一邊乾杯、一邊談笑。

新宿二丁目營業的酒吧據說超過四百間，但其中為女性開的店家，其數量不滿三十。在這個女性平均收入依舊僅男性六成的國度，這樣的情況或許可說是理所當然；但正因為如此，夏子才覺得僅收女客的店家，亦有其存在價值。近年二丁目改為不限性別的店家似乎也逐年增加，但夏子仍不改其經營方針，原因便在於此。在二丁目裡送走了四千個夜晚之後，夏子切身明白，這塊土地也與世上一切事物相同，都在不斷地流變著。近年前來此地遊玩的年輕族群看起來比以往多了幾分自信，已在家裡或公司公開出櫃的也不在少數。有些客人會帶著直同志同事一同前來，這已不是新鮮事，但有次有個客人竟帶著母親一起來，令夏子驚訝不已。這幾年有些人會在一個叫什麼YouTube的網站上公開自身性傾向，當網紅傳遞各種資訊，有時也會聽到一些像泛性戀無性戀非性戀半無性戀等等以前沒聽過、現在也仍不懂確切意義的詞語。這些雖讓夏子感到些許迷惘，但夏子知道這是好的變化；不過夏子也認為，這世上仍需要某些亙古不變的事物。

第一次來二丁目，是在二十五年前，那是個電腦與手機都尚未普及，沒有網路，郵遞區號也還只有五碼的時代（註8）。時節雖已入夏，卻適逢梅雨季，那天更是下著傾盆般的大雨。稀疏分布的霓虹燈光在雨中暈開，浸染濡溼的光裡，夏子獨自撐著把塑膠傘，在仲通上由南到北，再由北向南，來來去去徬徨徘徊了數回。

註8　日本現在的郵遞區號為七碼。

在那四年前，夏子離開群馬縣老家，進入東京的知名私立大學就讀。當時元號才剛改過（註9），泡沫經濟不斷積累膨脹，在那個時代，只要進入那所大學，理所當然便能進入大企業就職，幾乎等於將來受到保障，因此不只夏子雙親開心，就連隻身前往東京居住的夏子自身也喜不自勝。夏子就讀經濟系，周遭同學對賺錢理財的意識頗高，不少人向銀行借錢操作股票，當時股價與不動產年年看漲，股票似乎獲利頗豐，有人甚至光靠股利與買賣股票的獲利，便賺到歐洲旅遊的資金。夏子雖沒買股票，那也是因為沒必要，自己就算不賺錢，周遭也有許多出手闊綽的男生願意為自己出飯錢、舞廳錢與計程車錢等開支。幾乎整個大一的週末，夏子都穿著露大腿的絢麗洋裝，在迪斯可舞廳跳舞玩通宵。夏子也沒想過自己為什麼要這麼做，就只是跟隨著周遭風氣罷了，彷彿只要跟著做，就能走上那條早已事先鋪好的康莊大道，跟著周圍一同升上高年級，接著畢業、就業、結婚。

註9　一九八九年一月八日，昭和時代結束，進入平成時代。

夏子從正在求職的學長姊處聽過不少段子，當時根本沒有人會找不到工作，大企業大量招收員工，幾千幾千人在招的，若是給出了職位內定，公司便會邀請參加派對、溫泉旅遊，甚至郵輪旅行，就怕準員工被搶走；還聽過個誇張案例，有學生揚言要跳槽到別家公司，公司便贈送一臺汽車挽留。彼時參加企業說明會就有錢拿，因此還有學生明明沒有就業打算，卻還四處參加說明會，藉以籌措創業資金。聽學長姊們講得天花亂墜，夏子便覺得，在學年內成績還算不錯的自己，肯定能輕易進到大公司上班。

然而升上大三不久，泡沫經濟便開始崩潰了。最初的訊號是股價突然下跌，但大多數人都認為那只是暫時性的，夏子也依舊沉浸在泡沫經濟的餘韻之中，也不為求職做準備，成天穿著紅色高跟鞋與朋友一起泡在舞廳裡。等求職活動正式開始之後，夏子才感到情況不對勁，面試了幾家公司卻都未獲錄用，還有公司在選拔途中，突然便宣布停辦該年的應屆畢業生招募活動。周圍的求職學生，尤其是女性，許多人都未能如願找到工作，紛紛抱怨這跟從學長姊處聽到的情況不同。又過了一段時間，泡沫經濟崩潰已成了眾所皆知的定局，升上大四的夏子終於有了危機意識。同一段時期，在書面審查階段便被篩掉的比例攀升，連要獲得面試機會都變得相當困難。夏子住的那間位於中野的六張榻榻米大的房間裡，通知不予錄用的信件一封接一封寄到，不久夏子甚至不用拆封，只要把郵件拿來掂一掂，便能憑重量得知結果。

轉眼距離畢業只剩半年，夏子心想，若在東京求職不順利，不妨就回老家附近工作。夏子列出數間有在招人的公司，一家一家打電話詢問，要求對方寄送招募簡章，但幾乎所有公司一聽到夏子學歷，劈頭便回「我們不收大學畢業的女生」，然後便掛斷電話。其中還有一間公司說：「要收也是可以啦，但我們只能出高中學歷的薪水。」

夏子沒參加畢業典禮，畢業典禮的時間，夏子正待在家裡寫履歷表。雖說不是理想中的企業，但此時同年級的男同學大多都已找到工作，女同學卻有一大半還沒找到；就算好不容易找到了，也多是像百貨公司電梯小姐、服務員或售貨員等服務業。也有人放棄在一般企業就職，開始準備公務員考試。當時的常識是當公務員的就是人生失敗組，夏子卻也覺得，自己差不多得列入考慮了。

會踏入二丁目的土地，純粹是心血來潮。那是六月中旬某個週五的夜晚，夏子剛在新宿某間廣告代理店結束一場一般職（註10）的面試。夏子對廣告業界並不特別感興趣，但當時還有在招人，且收大學畢業女性的公司，數量相當有限，夏子只好亂槍打鳥般全寄了履歷表。擔任面試官的是個年約四十多歲後半的男性，面試時眼光多次斜眼望向夏子穿的求職用套裝黑窄裙下伸出的雙腿，也不知道有沒有在聽夏子說話，只是一直面無表情地點著頭。離開公司，外面下著大雨，夏子這才注意到自己沒帶傘，匆忙跑到附近的便利商店買了把塑膠傘，但這一跑，包著雙腿的透明褲襪便已溼透，淺口皮鞋裡腳汗混雜著雨水，溼溼黏黏頗為難受。夏子感到胸口梗著一塊硬塊，不想就這麼回家，正好肚子餓了，便到附近一間咖啡廳裡點了杯冰咖啡與一份雞蛋

註10　日本公司員工分一般職與綜合職，前者負責庶務，工作地點不會調動，薪水較低；後者職權範圍較廣，工作地點可能會調動，薪水較高。一般職女性比例高，綜合職男性比例高。

三明治，坐下來吃了，咖啡裡還加了好多糖漿。接著夏子便在店裡恍恍惚惚地坐了一會兒，隔著透明玻璃牆盯著店外大雨滂沱中濡溼的街景發呆。出了店後也無處可去，夏子只能撐著傘，身負著夜晚的黑，低著頭朝新宿站的方向踽踽獨行。在御苑大通的紅綠燈前停下腳步，猛一抬頭時，寫著「新宿二丁目」的路牌便映入了眼簾。

新宿二丁目是著名的同志區，這夏子是聽說過的，大學時曾在電視和雜誌上看過幾次報導與專題；但夏子只覺得，那地方就像隔著一片汪洋的遙遠異國無人島般的存在，與自己產生不了任何關聯。然而當她實際看到那塊寫著「新宿二丁目」五個字的路牌時，卻隱隱感到心裡有什麼東西被觸動了，彷彿那五個字是某種潤滑油，讓夏子心中某個被創造之後便未曾旋轉、幾乎已遭鏽蝕的齒輪，又再次轉動了起來。夏子不明白自己為什麼要這麼做，但依舊轉身回頭，走入了那片名為新宿二丁目的土地。

新宿二丁目比想像中更加陰暗而冷寂，與夏子在腦海裡描繪的光景頗為不同，既看不到身穿豔麗服飾、說起話來毒舌不饒人的人妖，和歌舞伎町與澀谷那般霓虹閃爍的熱鬧街市也相差甚遠。若說有霓虹店招的，大抵不過便利商店、蕎麥麵店與咖啡廳，雖然也有幾塊看似酒吧的招牌，數量卻不甚多。路上也沒什麼人，只偶爾有穿著西裝的男人不知從哪裡突然出現，彷彿怕被人發現一般躲躲藏藏地快步行走，接著又閃進某條小巷裡消失。女人一個也沒有，倒是有幾個外表看起來與夏子年紀相仿的年輕男子，貌似是在等人，彼此之間隔著一定距離，星星點點站在路旁。男子們之間似乎彼此互相認識，看到夏子走過，還湊到附近的人耳邊說起悄悄話，其中有人似乎根本懶得刻意壓低音量，那耳語連夏子也聽得一清二楚。

——欸，你看，是蕾絲（les）欸。

儘管周遭下著冷雨，夏子卻覺得全身如火烤般發起熱來。夏子雖沒實際看過，卻也覺得「蕾絲」這日語詞帶著某種猥瑣意味，那種指稱，特別使人聯想起某種特定類型的成人影片，那種由兩個女人，或是兩個女人夾一個男人演出的類型，夏子怎麼也無法將那個字眼的語感，與自身做出連結。但那些年輕男子口中說的確實是「蕾絲」，且還是指著自己說的。一思及此，夏子便彷彿被一塊硬磚狠狠敲到頭頂，腦中一暈，眼前一片迷茫，腳步也有些踉蹌了起來。

夏子對這塊土地不熟，也分不清東西南北，漫無目的地茫然徬徨一陣後，不知怎麼走進一條狹窄的小巷，那小巷僅寬約二米許，卻比外頭的大路聚集著更多招牌，各自浸染在雨水中，發著毒豔的光。好幾幢雜居大樓櫛比鱗次排列，宛若懸崖峭壁聳立，又像直立不動就此僵固的巨人，沉默地低頭望著小巷。夏子仰頭，被大樓樓頂線條切出來的那片狹長形的天空，又被半空中交錯縱橫的電線割成不規則的細碎形狀，雨絲便從那片天空紛紛墜落，如小鼓般敲打著塑膠傘面。那些雜居大樓，每一棟都開著好幾家店，雖然招牌亮著，也有幾家店店裡的燈光透過窗戶朦朧漏至外頭，但每間店都彷彿懼怕著捕食者的貝類一般，將門扇關得緊緊的。躲在門扇外偷聽，便能聽到裡頭傳來隱約的笑語聲，絕大多數是男性嗓音。夏子不知道自己為什麼要這麼做，也不知道自己究竟在尋找什麼，只是不由自主地一間一間側耳傾聽，觀察著那些貝殼內的動靜。

終於聽到有女性嗓音，是在一扇四處爬著裂痕的木紋門扇，門框上貼著一張銀色的小貼紙，寫著「會員制」三個字。抬頭看向招牌，招牌上紅底白字，寫著大大的「Vénus」字樣，其下又以片假名小字標出讀音。

夏子瞪著那張寫著「會員制」的小貼紙，在門前呆立了一會。大雨兀自傾盆地下，自己的心跳聲卻依舊清晰可聞。正當夏子下定決心，正要伸手握住門把的瞬間，門卻自己打開了。夏子嚇了一跳，反射性地退後一步，差點就驚叫出聲。從店內走出的是個看來三十多歲後半的長髮女性，其後跟著一個外表看來頗為年輕的男子，將她送至門口，目送著她離去。那男子身形頗小，身高與夏子差不多，身穿深藍色西裝，繫著水滴紋樣的領帶，一頭短髮七三分，染成淺棕色，眉毛纖細，清晰地生在一雙雙眼皮上。口鼻也相當小巧，與那張小臉頗為搭調，一張臉便似有人精心打造的工藝品般細緻。

男子注意到夏子，便將臉上肌肉總動員般，露出了燦爛的笑容說道：「歡迎光臨，請進。」

「啊，不是……」

夏子猶豫了一陣，便想到一直呆立在人家店門口淋雨也不是辦法，何況對方說不定已經發現自己剛才偷聽，一想到這，夏子便一陣羞赧，也無法拒絕男子，只得跟著他走入店內。店內充斥著菸味與煙霧，暖色系微暗照明，似乎還備有卡拉ＯＫ，一道女聲正在唱著演歌。男子將門關上後，便朝店內大喊：「客人一位！」

「歡迎光臨！」

好幾道男聲齊聲唱和著打招呼，放眼望去，大家都穿西裝打領帶，外觀看來也頗為年輕。店內有四、五個狀似客人的女性，看起來至少都有三十多歲後半，沒有人與夏子年紀相仿。正在唱卡拉ＯＫ的，是坐在象牙白沙發包廂座位上的女人，一個年輕男子坐在她身旁，隨著歌聲拍手打著節拍。店員招呼夏子在吧檯邊坐下，其他女性便意味深長地望了過來，那眼神像是在打量夏子，又像是要把夏子全身上下都舔個遍。至少夏子是這樣覺得的。

我都不知道新宿二丁目竟還有男公關店。夏子心想。但要說男公關店，這間店面也未免顯得有些簡陋，二十平方米大的狹窄店內只有吧檯邊八個座位，以及牆邊的四人座半圓形包廂席。但地板是木質的，木製吧檯以及吧檯後方的飲料櫃也都還算整潔乾淨，反射著店內燈光，天花板上掛著一盞略顯昏暗的吊燈，包廂席後方是鏡面牆，使得店內看來比實際更為寬敞。雖然內部裝潢還算時髦有格調，但店內既沒有燦爛光鮮的枝形吊燈，也沒有奢侈華美的香檳塔。不過話說回來，畢竟夏子也沒去過男公關店，不知實情，或許真正的男公關店長得就是這樣。

「美女，要喝什麼？」

方才將自己招呼進店內的男公關（夏子如此認為）在自己身邊的酒吧椅上坐下，如此問道。

「有酒單嗎？」夏子問。

「我們沒有酒單耶。」男公關說，「美女酒量好嗎？」

夏子感到一股違和感。眼前的男公關從外表來看，與自己大概差不多年紀，或者可能略年輕些，但卻散發著一種稚嫩氛圍，不知是不是臉上五官彼此搭配的位置帶給人的印象，總覺得以同年的男性而言，這位男公關看來有些太年輕了，下巴與人中細緻光滑，聲音聽起來也似乎還沒變聲。夏子推測，說不定其實還未成年，卻因某種因素而不得不在這種店工作。

夏子望向飲料櫃。飲料櫃左方密密麻麻排著許多酒瓶，大概是客人寄的酒，右側則有數種利口酒與日本酒，中央則是各種形狀的玻璃酒杯，分上下兩列整齊擺著。夏子從右側的酒瓶中指出自己認識的威士忌品牌，對男公關說：

「給我那個威士忌，on the rocks。」

男公關朝夏子手指的方向望去。「威士忌 on the rocks 啊，」他邊說邊向夏子莞爾一笑，嗓音輕盈宛如歌唱。「那我也來杯一樣的吧。」

夏子並沒深思這句話的意思。男公關離開座位，回到吧檯內，開始調起了酒。那個演歌唱得不怎麼樣的女人把歌唱完後，對坐在身旁的男公關說：

「小淳，再來一首！」

被稱作小淳的男公關邊鼓著掌，邊對著吧檯內大喊：

「美紀姊卡拉ＯＫ再加一首！」

雖說是情勢所逼，夏子依舊有些後悔自己進到了這間店。店內只有男人，以及遠比自己年長的女人。夏子並不清楚自己跑來二丁目究竟是在期待什麼，但可以肯定自己期待的不是這個。夏子有點想向其他女客搭話，但她們都只顧著與男公關說話，找不到時機插話。半晌，方才的男公關手持兩杯加了冰塊的威士忌走來，將其中一杯交給夏子。

「乾杯！」

兩人邊說，邊敲響了酒杯。

在那之後，男公關也使出渾身解數接待，不斷找話題陪夏子聊天，但夏子心不在焉，只是一直點頭，話也沒聽進去。淺口鞋裡雖然已經不像剛才那般潮溼，卻仍頗不舒服，溼黏的褲襪貼著肌膚也依舊難受。夏子穿著套裝外套，從外面看不見，但其實外套底下的白襯衫已經貼在後背，內衣似乎也淋溼了，感到一陣冰涼。夏子心想，果然來這裡就是個錯誤，喝完這杯威士忌就趕緊回去吧。幸好，那威士忌香醇濃郁，味道還是滿不錯的。

然而結帳時，店員出示的金額卻高得遠出夏子意料之外。明明只喝了一杯酒，竟然要八千日圓。問了詳情才知道，帳單裡包含座位費、服務費，甚至那杯男公關擅自陪喝的威士忌。夏子雖一陣愕然，卻也覺得不經一事不長一智，這也是社會大學學費，還是乖乖付錢了事。但打開錢包，才發現裡頭只有一張五千日圓鈔票。

「不好意思……」

夏子顫抖著嗓音說：「我現在沒有那麼多錢……」

男公關臉上雖仍帶著笑，但夏子並沒看漏，有一瞬間他眉頭皺了一下。

「妳現在有多少錢？」

夏子如實以告，那男公關便離開座位，走到店內另一個正在接客的男人身旁，低頭耳語了幾句。那男人外表看起來在這間店中最為年長，髮際線後退，額頭高寬，鼻子下方長著八字鬍，夏子心想，或許他便是這間店的店長。店長聽了年輕男子的報告後，便走到夏子面前。

「妳這樣我們很困擾。」店長皺著眉頭說：「現在這時間，估計ATM也大多不能用了。」

「我下次再帶錢來付。」

店長的應對比想像中凶上不少，使得夏子一陣驚慌。

「常客賒帳倒是沒問題，但妳是第一次來吧？」店長皺著眉，雙脣緊閉地瞪著夏子。

「怎麼啦怎麼啦？有什麼大不了的事？」

突然，店內一名女客也走來了前方，邊走邊說，話裡帶著笑意。她便是剛才店長在接待的那名女客。「看你把她凶得，你看，都快哭出來啦。」

夏子望向那名女性。那位女性具有一種與店內其他女客不同的氣質，一頭不及頸項的短髮染成褐紅，分成數道髮流，從頭頂分流至瀏海及耳旁，雙耳耳垂戴著小小的銀色耳釘，反射燈光閃耀著銀白光輝。臉上雙眉修得齊整，呈圓滑拱形，修長睫毛向上蜷曲，飽含水分的雙瞳隱含著一種沉著穩重的光芒。鼻梁纖細，自眉間筆直通至鼻子尖端，上下脣比例均勻，同樣飽含水分、鮮豔欲滴。她肯定已不年輕了，從肌膚狀態與臉部輪廓判斷，許是已經四十多歲，卻渾身帶著一種不讓人感受到年齡隔閡的氛圍，說白了就是長得美，但並不是那種會讓人感到尖銳、刺傷人的美。或許她年輕時曾具備過更尖銳的美，但現在的她給人的印象，便是彷彿將當年的美予以冷凍保存，只將銳角以歲月淘洗、磨平，修飾得更加圓滑。雖說如此，那也不是歷經世事挫折後會有的過度萎縮而畫地自限的圓滑，仍處處感受得到昔日的銳角所留下的痕跡，那些痕跡便在不傷害他人的範圍內，自由地舒展雙翅。夏子心中浮現出一個形容詞：沉靜的火焰。

「這孩子看起來還不過二十出頭不是?而且似乎還在找工作。」

女人在夏子求職套裝的肩膀處拍了幾下示意，對店長如此說道。「小桂你二十幾歲的時候也是辛苦過的，就不會對年輕的孩子溫柔些嗎？」

「這個……」被女人這樣一說，名叫小桂的店長一臉尷尬，撓了撓後腦勺。「但錢還是得付吧……」

「我是在跟你說，想坑錢也得挑對象，做這一行的也得有些骨氣好嗎？」

女人說完後，望向夏子：「妳帶了多少錢？」

夏子據實以告。

「你就算她五千不就得了？反正你這店裡也沒有固定的價錢不是？」女人聽了，對店長說道：「大不了你就算我賒的帳。」

「好，不夠的部分我就這樣算。」

店長邊說，邊接過夏子手中的五千日圓鈔票。夏子對女人道了謝，正要離開店內時，女人叫住了她。

「妳等一下。」女人問道：「妳有回家的車錢嗎？」

夏子再次確認錢包，錢包裡還有一些零錢。「有。」

女人朝夏子的臉望了好一會，神情若有所思。

「我們一起走吧。」女人說，「妳大概不認得到車站的路吧？」

這倒是被女人說中了。夏子又一陣羞赧，想不到自己竟然菜得如此明顯，一見即知，只得沉默地點了點頭。

走出店外，方才的傾盆大雨彷彿一場虛幻，雨已停了，一彎月牙掛在天空裡的雲縫之間。空氣仍有些潮溼，殘留著些許雨的氣味，柏油路面上也四處都是水坑，反射著色彩鮮豔的霓虹招牌，靜靜地搖曳著。

「妳是第一次來 Onabe Bar（註11）呢，」兩人並肩走著，女人如此問道。

「我第一次來二丁目。」

夏子邊回答，邊抬頭望向女人臉龐。那女人身高較自己略高，想與她對上視線，便得稍稍仰視。「妳說剛才那間店是 Onabe Bar？」

「還是第一次來二丁目？」

「對啊，妳還不知道就進去啦？」

夏子沉默無語，女人有些無奈地嘆了口氣。「雖然他們現在看起來都是男人了，但其實以前都是女的，大家都很辛苦，畢竟要把胸部拿掉或是要打荷爾蒙，都得花錢。現在大家的狀況也各不相同，有人已經拿掉子宮了，有人還沒錢打荷爾蒙，也還有胸部。」

夏子這才明白，難怪剛才那個店員長相看起來那麼稚嫩年輕。

女人繼續說：

註11 Onabe Bar：原文為「オナベバー」，指由女扮男裝，或是女跨男跨性別店員接客的酒吧。

「那間店的主要客群就是我們這種上年紀的老女人啦，雖然稱不上有錢，至少有工作，經濟狀況就比年輕的孩子來得有餘裕些，所以價格就設定得比較高。剛才在店裡那些客人，有幾個就是在黃金街（註12）開店的媽媽桑，還不到開店時間，所以先到二丁目來喝一杯。」

「那些客人都喜歡女生嗎？」夏子鼓起勇氣問道。難怪她們會去 Onabe Bar 光顧，夏子心想。

「這個嘛，難說。」女人略歪了歪頭。「當然也有人是喜歡女人，但也不見得都是吧。畢竟那些 Onabe 們，大多也不覺得自己是女人嘛。」說完，女人望向夏子，微微一笑：「妳喜歡女生嗎？」

夏子沒有回答，因為答案就連自己也不知道。其實夏子心中早已隱約注意到，說不定自己對男生是沒有興趣的。夏子雖然常和男性友人一同流連迪斯可舞廳，但那不過是跟隨周遭的腳步而已，反正玩得開心，也就隨波逐

註12　黃金街：位於新宿歌舞伎町的一條餐飲街，地域狹窄，卻有數百家小型餐廳與酒吧聚集。知名漫畫、電視劇《深夜食堂》便是以黃金街為舞臺。

流，夏子覺得，自己對那些男性友人並未抱有性方面的興趣。說到性方面的興趣，倒是有過幾回，有女人做為性對象出現在夏子的夢中，但夏子並未對此深思。應該說是刻意不去深思。幸好夢境這種東西，時間一過便會自然從記憶裡淡去，因此夏子已想不起任何具體細節。

夏子並未想過，自己是可以喜歡女性、可以喜歡同性的。夏子當然聽過同性戀這種現象，但那就像在動物圖鑑上看到的僅知其名而未見其實的奇珍異獸，夏子從未將之與自身進行連結。的確，夏子感到在自己身體深處，一個非常深沉的地方，有一個小小的核心被無數層包膜所覆蓋、遮掩，至今仍靜靜地沉睡著；雖然有時，那核心也會突然隱隱作痛，但也不到不可忽視的程度。然而，被女人這麼一問之後，夏子便確實地感覺到，自己那核心已開始噗咚、噗咚地，雖然遲緩、安靜，但卻帶著某種堅定意志般，又疼痛了起來。

「那，二丁目有年輕女生會去的店嗎？」

夏子如此問道，迴避了女人的問題。

面對夏子的問題，女人又露出了淺淺的微笑，這次笑得有些調皮。

「要去看看嗎？」

走出狹巷、出到外面的大路後，眼前又是一整排雜居大樓，招牌懸在空中各自發著鮮豔的光芒。藉著那光線隱約可以辨認，左手邊是一排約與人身高等高的石牆，石牆後方陰森森地長著一排樹，樹影在石牆上方搖擺晃動，看來詭譎可怖。夏子跟著女人右轉，走在稀疏點著的霓虹燈光影之下。或許是因為雨停、夜也漸深的緣故，行人數量比起夏子剛到時增加了些，但仍遠遠稱不上熱鬧。路邊一樣不時站著年輕男子，有時有男人經過，對年輕男子搭話，兩人窸窸窣窣耳語一番後，便一同消失無蹤，不知前往何處。

「他們是站壁的。」

女人解釋道：「以前上野的森林是主要據點，後來在二丁目也出現了。最近雖然比較少了，還是四處都看得到。」

「站壁？男人站壁？」夏子反射性地問道。

「對呀，做男人生意的。」

女性咯咯地笑了起來，繼續說道：「我也不是很清楚，不過聽說他們都有各自的地盤，站在哪裡也都是決定好的。其中最受歡迎的，是站在仲通上那家叫『lux』的男同志用品店前面的男生，大家都叫他『露子』。」

女人在一棟樓房前停下了腳步，那棟樓房外觀看來有些特殊，似乎是四層樓，但四樓之上又加蓋著一些建築，因此究竟總共有幾層樓，從外面也看不清楚。樓房一樓有幾間店正關著門悄悄營業著，一樓屋簷向前突出，那部分正好成了二樓的走廊。從一樓通往樓上的樓梯設在樓房左側內部，地板是褐紅色的，樓梯口屋簷呈拱型，是灰色水泥牆，其上標著「第一天香大樓」幾個字。從一樓到三樓的樓梯都沒有外牆遮掩，站在外面便可看到裡面的階梯地板與樓梯間。

女人走上了樓梯，夏子便緊跟在後。爬到三樓裡側，女人在一扇門前停下腳步，從包包裡取出鑰匙，插進了門上的鑰匙孔。那是一扇冰冷單調的白色金屬門，門上寫著「NARA'S BAR KIDSWOMYN」的黑字，其下貼著幾張活動宣傳海報。金屬門打開後，後面還有一道門，黑色門框嵌著毛玻璃。女人打開第二扇門，走進門後那片黑暗無光的空間，手勢熟稔地按開了燈，天花板上微暗的琥珀色燈光隨即亮起，闃靜地從黑暗之中分出了光與影。女人從屋內架上堆著的一疊CD中隨手抽出一張，插進播放機，不久，熱鬧的舞曲便從黑色音響裡流淌而出。女人接著將身體迴轉了一百八十度，重新面向夏子，以戲劇化的手勢攤開兩手，展示般地說道：

「歡迎來到『KIDSWOMYN』，我是這裡的店長，Nara。」

夏子望了望四周，不算寬敞的店內擺著小小的ㄇ字型黑棕色木質吧檯，若擠一些大概坐得下十人，吧檯上放著些零食餅乾，並堆著利口酒、菸灰缸、招財貓等物，飲料櫃與吧檯同樣顏色，擺著許多玻璃杯和酒瓶，淡黃色牆上則貼著活動宣傳海報及歐美女演員性感的電影海報，一旁還掛著彩虹旗。吧檯、吧檯椅以及牆上壁紙看起來都頗新，還沒什麼用過的痕跡。

「原來妳是自己在開店。」夏子說。

「這間店才剛開沒多久，不過還滿受歡迎的喔。」

Nara 走進吧檯內，在椅子上坐下，掏出一根菸叼在嘴邊，點起了火。夏子盯著那根菸的尖端變成紅色，又暗成灰色。

「幹麼站在那裡愣著呢？坐啊。」

Nara 注意到夏子仍不知所措地站在原地，便以下巴指了指吧檯邊的座位。「妳不急著走吧？算我請妳，喝一杯再走吧。」Nara 邊說，邊將香菸靠在菸灰缸邊緣放著，然後在 shot 杯裡倒了威士忌，一口喝乾。

夏子在 Nara 對面的座位坐下，與 Nara 只隔著一個吧檯。

「來杯威士忌？」Nara 問道。

「如果可以的話，我想來杯別的。」威士忌在 Onabe Bar 裡已經喝過了，倒也不是怕醉，只是夏子現在比較想喝淡雅清爽的酒。「有度數低些的雞尾酒嗎？」

「雞尾酒啊。」Nara 說，「有不敢喝什麼酒的嗎？」

大部分酒都能喝，夏子說。Nara 聽了，便低頭想了想。

「妳叫什麼名字？」Nara 突然問。

夏子連名帶姓地回答了自己本名。

Nara 聽了，又露出那種略帶淘氣的表情，燦爛地一笑。這笑容真是迷人，夏子心想。Nara 從冰櫃裡取出冰塊放進酒杯，又從飲料櫃中取出數種酒瓶，以量酒杯測量容量後倒入，最後用調酒匙拌了拌，再添上一片檸檬片。

「Malibu Surf。」

Nara 邊說，邊將那杯帶著透明感的淡藍色調酒遞到夏子面前。調酒中，許多碳酸氣泡附著在杯底以及冰塊上，啵啵啵地彈跳破裂。「這是夏天意象的調酒，喝喝看吧。」

夏子拿起酒杯，嘗了一口。椰子甜味與柳橙香氣伴著碳酸氣泡的破裂，在口中擴散開來，滋味相當清爽。

「如何？」Nara 以右手撐著下巴，興致盎然地望著啜飲調酒的夏子，如此問道。

「很好喝。」夏子誠實回答。

「那就好。」Nara 又是嫣然一笑。

夏子此時才注意到，Nara 露出笑容時，右頰距離嘴角一公分處，正好在法令紋的延長線上，會出現一個小小的酒窩，不仔細看並不容易發現。然而一旦注意到了，不知為何那酒窩便吸引著自己的目光，望著那酒窩，夏子無來由地感到一陣悲傷，彷彿那是一種宛若夏夜夢境般，極為恍惚而虛幻的存在。一陣鼻酸襲來，夏子不由得低下了頭，以手壓住鼻梁發酸處。Nara 看了夏子的反應，起先還有些不知如何是好，後來便默默地伸出手，隔著吧檯，輕柔緩慢地撫摸著夏子的頭。

Nara 的動作彷彿觸動了某種機關，淚液自身體核心深處以一發不可收拾之勢漫湧而上，夏子遂趴倒在吧檯邊，開始啜泣起來。夏子並不知道自己為何悲傷：是為了那已然結束的事物？還是為了即將開始的事物？是為那一再拖延遲遲未有結果的事物？抑或是為那自己終於察覺開竅的事物？但夏子已沒有餘裕思考。Nara 只是靜靜地輕撫著夏子的頭，溫柔地低語：「妳很努力了，真的辛苦了。」

鏗鋃鏗鋃，門上掛鈴發出清澈聲響，門扇打開，一個女孩從門外走了進來。「嗨，Nara好久不見。」那女孩精神十足地打了聲招呼，然後才注意到夏子的存在，語帶尷尬地問：「啊，我來得不是時候嗎？還沒開始營業？」

「沒事沒事，請進，已經在營業了。」Nara說道，「請坐，看妳想坐哪裡都可以。」

夏子也感到有些尷尬，從吧檯抬起頭，取出隨身鏡照著，一邊小心不要擦到眼線，一邊拭去淚痕。接著又低下頭，喃喃自語般低聲說道：「對不起。」

Nara聽了，便語中帶笑地對夏子說：

「放心，雖然很多時候我們可能會過得很辛苦，但相對地也有很多快樂的時候啊。就算我們沒有能力去改變世界，或者改變自己，但我們一直都在這裡，一直都做為複數形存在於此處。」

夏子不知該說什麼，只得沉默地點了點頭。

從那之後，夏子便常到KIDSWOMYN光顧。KIDSWOMYN不收座位費，飲料一杯七百日圓，現點現付，這種經營方式在此前二丁目以女性為主要客群的酒吧裡是極少見的，因此很快便紅了起來。酒吧營業至早上，週末假日的前一天店裡常常人滿為患，大家感受著彼此的體溫與呼吸，在大音量的舞曲中暢飲歡談，通宵達旦，酒吧裡也有不少顧客跟夏子一樣，是二十多歲的女孩。

據 Nara 所說，二丁目的拉子酒吧數量本就極少，遠比不上男同志酒吧的盛況，以女性為主要客群的酒吧多是 Onabe Bar，再不然就是極其昂貴的店家，對沒什麼錢的年輕女孩而言，二丁目幾乎是無處可去。Nara 開始經營這間 KIDSWOMYN 目的也在於此，她並不想專做常客生意，而是希望能提供年輕女孩一個能輕鬆光顧的地方。實際上，像這種有三千日圓便能喝上好幾杯，且能待上一整晚的店，對夏子以及同世代的女孩而言，的確是彌足珍貴。

夏子便是在 KIDSWOMYN 展開了她的拉子人生。在震耳欲聾的夜店舞曲裡陷入愛河的那個夜晚，她不顧外頭的視線，便在樓梯間與戀人緊緊互擁、接吻愛撫；被那戀人背叛而初嘗失戀滋味的夜晚，她在店裡放聲痛哭，一連好幾杯威士忌也不加冰塊便直灌下肚，與其他客人一一擁抱後又衝進廁所，劇烈嘔吐。

距初訪二丁目那天四個月之後，夏子終於找到一份派遣員工的工作，有了穩定收入，在那之後也持續光顧 KIDSWOMYN。

隔年夏天，東京首次舉辦同志遊行，當時二丁目對同性戀解放運動有股排斥風潮，極少男同志酒吧願意參與，唯 KIDSWOMYN 共襄盛舉、贊助遊行，夏子也與 Nara 以及在 KIDSWOMYN 交到的朋友一同走上街頭。兩年之後，第三屆東京同志遊行的集會上，成員因意見不合起了紛爭，一名男同志執行委員對一位想要發表異議的女同志出言辱罵「區區蕾絲邊在搞什麼鬼？」時，夏子也在會場。

同年秋天，夏子透過剛創辦不久的拉子雜誌通訊欄，認識了第三任女友。那份雜誌的通訊欄上印著密密麻麻的類似「徵拉友」、「徵溫柔女友」、「我長髮」、「娘T徵P」、「我已婚有小孩」等一百四十字左右的徵友啟事，在那些陳腐制式的文字之中，唯有她的文字閃爍著光輝，就像暗夜裡一顆醒目璀璨的明星，不過分熾熱地持續散發著溫柔、穩定而沉靜的光芒。那束光芒來自宇宙彼端，跨越時間，跨越空間，貫穿星雲與大氣，來到夏子的視網膜，終於停了下來。

夏子寫了回信，與對方相約在KIDSWOMYN見面。彷彿宇宙初誕之前便已決定好的真理那般，兩人相戀如愛湖漫沒，相求如狂沙掩埋，相擁時便似一同溶融於黑暗之中，再也不分妳我。那般如痴如狂的戀情，在夏子的人生裡便僅此一次，之前從未有過，以後也不再有了。與她在一起時，夏子便感到身體深處無盡藏地源源湧出勇氣與能量，慾望與孤獨也成正比般地不斷膨脹、擴張。

夏子將自身磨得極為鋒利一如刀刃，披上激情與狂熱，劇烈衝撞著世紀末即將到來的世界。她曾與戀人十指交扣，昂首闊步走在酒家女與男公關聚集的夜晚的歌舞伎町，也曾把啤酒當頭淋在居酒屋裡一個跑來嗆聲「蕾絲邊和男人睡一覺就治好了」的老頭那顆禿頭上。以「L的小道」為中心，九〇年代拉子酒吧數量漸增，這些店家的存在透過媒體報導為世間知曉之後，便每晚都有不認識的中年男子跑到附近徘徊，試圖窺探店內情景；有許多次，甚至還有準備回家、要到車站搭車的女孩遭到跟蹤。有天晚上，夏子找來幾個拉子朋友，拿了個大麻布袋從男人背後往他頭上一罩，給他來個蓋布袋圍毆。若這世界打定主意就是要殺了我，與其單方面被世界凌虐而死，不如與世界互搏互刺，來個同歸於盡——夏子懷著這樣的念想，於世紀末的世界疾馳狂奔，轉眼便穿梭而過。

交往三年半後，夏子與戀人想著今後也要一起生活，便決定利用收養制度組成家庭，以替代未能使用的婚姻制度。但當夏子將此事告知父母時，卻遭到了激烈的反對。

「妳在說什麼傻話！想和女生結婚，妳這跟想和寵物結婚有什麼兩樣？我們怎麼可能同意？」

在經過一場大吵之後，父親丟下一句「隨便妳」，便把夏子從老家趕了出來。

夏子在租來的房間裡獨自哭了一晚，隔天早上看著晨光從窗戶灑落，心中驀地一片坦然，心想：雖然被斷絕了親子關係，但總算可以結婚了，這才終於破顏一笑。

然而戀人那邊也遭到了家中的猛烈反對，且與夏子不同，戀人終究屈服在雙親壓力之下。有段時間，兩人不斷為此重複著爭吵與冷戰，最後終於不歡而散、決定分手。夏子後來聽人談起才知道，分手幾個月後，那戀人便與人相親，嫁給了一個男人。

夏子恍然一驚，這才發現自己不知不覺竟已年屆三十。夏子感覺，跨越三十歲的分水嶺之後，前方所能看到的風景都變得與以往大不相同了。許多此前燦爛而閃閃發光的事物、熱鬧而歡騰嘈雜的旋轉舞臺，都在跨越那一條界線之後，全都開始褪色、消音、失速。許多之前交情不錯的拉子朋友陸續都斷了聯絡，一個又一個被吞進浮世裡極深極沉之處，消失無蹤，彷彿早已有人訂下一條不可動搖的金科玉律：「這種事到了三十歲就差不多該收手了。」當時間的猛獸以其緩慢而確實的腳步來到眼前，人們才注意到這獸的身軀有多龐大、齒牙有多銳利、本性有多凶殘，因而震驚、懼悚、卻步。接著，大家便恍如大夢初醒般，揉著剛睡醒的雙眼嘀咕「我之前到底都在幹些什麼傻事呀」，然後遵從獸的指引，開始走上了正確的道路……。

夏子開始厭惡一切事物，那些曾有過的與他人衝突的力氣，以及與世界衝撞的熱情，都像烈日曝晒下的一口枯井，被晒得一滴也不剩。夏子辭去工作，將房子退租，拋下一切，帶著一個行李箱，便用打工度假簽證一個人飛到了澳洲。其實只要能離開日本，去哪裡都好，但夏子外語只會英語，且澳洲簽證審查容易通過，這才選了澳洲。

抵達雪梨時南半球正值夏天，陽光從澄明的蒼穹成束灑下，穿過輕顫的樹木枝葉，照到地面晶閃發亮。搭公車前往市中心，夏子住進雪梨車站附近一家背包客棧，最初幾日先往遊客導覽中心收集地圖，四處行走認識環境，接著便開始找打工。兩週後，她在岩石區一間餐館酒吧找到一份店員的工，店內白天是咖啡館，到了晚上就變酒吧，做為咖啡館營業時會設有露臺座位，從座位上可以看到海，時薪也還不錯。店長是四十多歲的白人男性，面試是用英語。

「為什麼來雪梨呢？」

問完幾個基本問題後，店長以閒聊的口氣隨意問道，就像在談論明天可能的天氣一般。

「我只是想逃離。」夏子說。

「逃離什麼？」

「一切。」

店長露出饒富興味的表情望了夏子好一會，接著嘴角浮現一抹微笑，輕輕點了幾次頭。

「那很好。我們要活下去，有時就必須要逃。」

下禮拜就來上工吧，店長說。面試結束，夏子要離開時，店長像是突然想起來一般，補充道：

「若妳也打算從我們店逃走，能事先告訴我一聲的話，我會感謝妳的。」

「我會努力記住。」夏子說。

「祝妳有愉快的一天。」店長說。

之後，夏子在市中心南側，雪梨大學附近的學生街找到一間共享租屋的房間，便搬了過去。租屋處只有寢室是獨立的，廚房、客廳和衛浴共用，都有附設家具。室友有兩人，一個是中國女孩，另一個則是珀斯來的澳洲女孩，兩人都在雪梨大學讀博士，都是晚睡晚起的夜貓子。

夏子一週打工五天賺生活費，休假日則有時到附近的歷史建築參觀，有時在海邊散步，有時到帕丁頓市場逛街，有時去美術館或博物館。和兩位室友雖然需講英語才能溝通，三人卻頗合得來，常常開著電視，邊吃零食邊不著邊際地閒聊，聊著聊著就到深夜了；有時還會一起到海頓公園野餐，中國女孩做中國菜，澳洲女孩做澳洲菜，夏子則有時準備簡單的日本料理，有時做做在打工處學到的調酒，三人就共享彼此帶來的食物飲料，悠閒度過一個下午，還教會了彼此西洋棋、日本將棋與中國象棋的玩法。公園裡草地上沾著露水，反射陽光映出七彩光輝，各色鮮豔的花朵盛開，天空中幾綹白雲悠緩流淌而過。與父母同來的小孩四處嬉耍跑跳，犬隻汪汪吠吼，有時還會看到尖著長喙的白色大鳥，振翅從草地上飛起。

不知道是不是因為地廣人稀的關係，夏子總覺得待在這裡，就連時間的流速也放緩了，這不禁使夏子心想，說不定人口密度與時間流速或許真有著某種關係。在這裡，夏子逐漸有心思餘裕去感受悠緩流過的每一天，也覺得心胸日益開闊了起來，彷彿長久以來折磨著自己的慢性腰瘦背痛症霎時間獲得舒緩一般。夏子想，這個由奴隸與移民所開墾出的國家，或許真能接納自己的一切。

在夏子工作的店裡，有個略顯怪異的常客，是個女孩，長相看來是亞裔，一雙瞳仁又大又黑，令人印象深刻。第一次看見她時，夏子便像是被那雙瞳孔吸入一般，一瞬間看得愣住了。她每週來店內兩次，每回都不坐室內，而獨自坐在看得見海洋的露臺座位。她總在人少的下午時刻獨自一人現身，點些啤酒或葡萄酒，然後坐到傍晚，有時看書，有時在素描本上寫生，有時卻什麼都不做，只是望著大海和歌劇院發呆。她從未和其他人一起出現，看起來也不像是在等人。在夏子來看，這間店並不是那種適合一個人獨自沉思的地方，比較像是那種白天讓親朋好友或家人前來聚餐，晚上則一群人來熱熱鬧鬧飲酒玩樂的地方。不過夏子畢竟也才來澳洲不久，不熟悉當地習慣，所以也說不準。那女孩總在人少的時段來，每過一段時間也都會再點新的飲料，所以儘管她坐得久，店長倒也沒說什麼。

六月冬日已近，某天夏子終於忍不住，出聲向那女客搭話。

「不好意思，請問妳不冷嗎？」

那天特別帶有寒意，氣溫降到十度以下，露臺座位上還吹著冷峭的海風。

女孩收回遠眺海洋的視線，默默盯著夏子看了好一會。這時夏子注意到，女孩的瞳仁並非純黑，而是一種呈現漸層色調的黑，從瞳仁周圍開始，愈靠近中心，那黑色便愈是濃郁，最深之處便如無月的漆黑夜晚，掩映於蓊鬱森林之下的一潭湖水，是所有光線盡皆缺席的那種烏黑。

女孩眨眼眨了兩、三回，略歪了歪腦袋。

「中國？日本？」女孩突然問道。

「日本。」夏子回答。「這是個不太重要的事實。」

「我們的人生總由許多不太重要的事實所組成。」女孩說道。女孩的聲音宛若風中的一縷游絲，給人一種飄然不定的印象。「日本的人們會覺得這樣的天氣是寒冷的嗎？」

「雖然和澳洲沒得比，但日本也還算寬。」夏子說道，「什麼樣的氣溫會被認為是寒冷的，就因地而異了。」

「是啊，當然，妳說得對。」女孩說，「我記不太清了，我三歲就離開那裡了。」

女孩的話激起了夏子的興趣。「妳在日本住過嗎？」

「不太重要的事實。」女孩說，「我現在也還有日本國籍，也懂一點日語。」

「妳是日本人？」

夏子脫口問道，話一出口立刻便後悔了。反正是**不太重要的事實**，又何必特別去確認？若兩人現在講的是日語，夏子大概也不會問這種問題，正因為現在講的是尚未熟練的英語，話語才會屢屢擺脫思考的抑制，脫口而出。

女孩看起來倒是不甚在意。「某種意義上。」她說。

「如果妳不介意，我可以問妳的名字嗎？」

夏子也不知道自己為什麼會想問這個問題。

「沒什麼好介意的。」女孩說，「我叫 Yukina。」

女孩從手提包裡拿出鉛筆和素描本，在空白頁上寫下了「秋澤雪奈（Akizawa Yukina）」四字。她似乎寫不慣漢字，筆跡看來像毛蟲在蠢動爬行。

「那個，我說這話絕沒有抱怨的意思，」雪奈說，「不過妳現在似乎是工作時間，沒問題嗎？」

夏子朝店內望了望。店內雖然客人不多，但自己也的確聊天聊得有些久了。「我該回去工作了。」夏子說。

「我大部分晚上都會待在天文臺。」雪奈如此說道。語畢，雪奈便再次將視線拋回海洋，彷彿示意著會話到此結束。

下一個沒排班的夜晚，夏子便造訪了天文臺。雪梨天文臺位於碼頭西北方一座小丘上，群樹環繞，恬靜無聲。正面入口不太好找，夏子繞著天文臺附近的草地轉了兩圈，才總算找到。

「妳來啦。」

入口櫃檯附近，雪奈認出了夏子。雪奈穿著天文臺館員的制服。

「妳在這裡工作？」夏子問道。

「不太重要的事實。」雪奈說。

「那什麼是重要的事實呢？」夏子又問。

「我畫畫。」雪奈說，「希望有天能邊畫畫，邊到世界各地旅行。」

據雪奈說，她因為家人工作的緣故，三歲時搬來雪梨居住，之後便在此定居。她的雙親都是雪梨大學教授，專業是天文學，因此雪奈從小就喜歡仰望星空。但她更愛畫畫，現在在雪梨大學主修藝術。

「話說，妳的名字呢？」雪奈問，「我不知道該怎麼稱呼妳才好，這對我來講可是個重要的事實。」

「北星夏子。」夏子答道。

「北星。」雪奈複誦道，然後以一種飄在空中般的輕盈語氣說：「真可惜，這裡看不到。北星幾歲呢？」

「三十。」

「人生最具魅力的時期，醜小鴨正要變天鵝的時期。」

說完，雪奈走進天文臺裡面，夏子便尾隨在後。走著走著，夏子這才注意到方才兩人的對話不知何時已由英語切換為日語。夏子試著回想，兩人是從何時開始講日語的。大概是從自己說出名字那時吧。兩人語言轉換得極為自然，夏子因而沒有立刻發覺。

雪奈的日語聽起來頗為特別，文法與發音都毫無疑問是日語，卻摻雜了某些英語的要素，不過非但一點也不惹人生厭，反而使人聽來頗為悅耳。

醜小鴨正要變天鵝的時期。夏子在心中複誦道。三十歲。若在日本，這大概是天鵝都已衰老的年齡了吧。也說不定根本就成不了天鵝。說不定從出生到死亡，永遠都是小鴨子。

「雪奈妳幾歲呢？」夏子問。

「二十一。」雪奈答道，「好想變成天鵝在天上飛。」

「天鵝會飛嗎？」夏子說，「我只看過水裡游的。」

「不知道，在雪梨沒看過天鵝。」雪奈說，「朱鷺倒是看得煩了。」

「朱鷺？」

「嘴巴很長，白色的鳥。會弄亂垃圾，還會搶人食物。」

夏子跟著雪奈走進一間圓頂的大房間，房間中央擺著一臺巨大的黑色機器。那是天象儀。雪奈關掉房內電燈，打開機器開關，機器便發出陣陣聲響，緩緩啟動。

「這場特別為妳設的。」雪奈說，「Ms. Polaris。」

伴隨著解說旁白，天象儀在圓頂天花板上投影出南半球的星空，夜晚的黑色畫布上閃耀著無數銀色星點，以線互相連結而成璀璨星座。旁白是英語，摻雜了頗多天文學用語和星座名稱，幾乎聽不太懂，但那南天壯麗的群星之海，仍看得夏子不由得屏息靜觀。影像首先投射出由四顆星組成的十字形星座。

「南方的十字架。」雪奈說。

「南十字座。」夏子說。

在優雅恬靜的鋼琴伴奏中，影像逐漸沿銀河北溯，經過半人馬座、天蠍座、射手座、天鷹座，最後來到天鵝座。

「北方的十字架。」雪奈說。「只有現在冬天才看得到。」

「冬天才會出現的天鵝。」夏子說。

「現在是冬天，」雪奈說，「妳出現了。」

雪奈說著，緩緩走近夏子，將手伸到夏子頸後。夏子感到那隻手頗為冰冷。在逐漸轉暗的天象儀影像中，雪奈以手支撐著夏子脖頸，靜靜地將雙唇貼到夏子唇上。夏子反射性地閉上雙眼，在黑暗中感受著雪奈雙唇的滋味。那唇微甜，柔軟而冰涼，如綿綿雪花般彷彿轉瞬就要融化消失。夏子也環臂從背後抱住雪奈，感受著手指滑過雪奈纖柔細緻長髮的美好觸感，回應著雪奈的親吻。

兩人四唇分離之後，沉默地看著彼此，對望了一陣。雪奈水靈的大眼裡，帶著一絲笑意。

「這算是觀展費嗎？」夏子問。

「不覺得很便宜嗎？」雪奈說。

「為什麼妳老是盯著海看？」

「我想看看那條不知畫在海上哪裡的線。」

在雪奈的導覽之下，夏子將天文臺參觀了一圈，但究竟看了什麼也記不清了，只隱約知道有屋頂會旋轉開闔的觀測用圓頂房間，有巨大的天文望遠鏡，以及古老星圖等。告別雪奈離開天文臺後，夏子深深吸進一口外面冰冷的空氣，似是要將發熱的身體從內部冷卻一般。接著夏子抬頭，默默仰望星空。星空美麗，狀似漆黑天鵝絨布上灑滿閃亮銀粉，看來比從前更加耀眼奪目了。

在那之後，夏子便偶爾和雪奈會面。兩人並未交換聯絡方式和地址，大抵都是雪奈到夏子工作的店光顧，靜靜等待夏子下班，或是夏子在晚上造訪天文臺。若要在外面見面，則是先約好時間地點，直接在當地碰頭。兩人在聖誕節到海邊烤肉，參加 Mardi Gras 同志遊行，也在牛津街的酒吧喝酒暢談直至天明。雪奈考上研究所時，夏子也出席了入學典禮，兩人也曾一同離開市中心，躺在郊外的草地上一同觀賞夜空裡真正的南十字座與天鵝座。當然也有過幾次，兩人躺在飯店床上，將身體交給了彼此。

夏子與雪奈都不曾試圖積極為彼此這份關係取名，兩人只是偶爾見面、聊天、談笑、出遊、親熱，如此而已，而這也就足夠了。夏子未曾詢問關於雪奈家人、親戚以及友人的資訊，雪奈似乎有個正在交往的男友，但夏子對此也不願過問。雪奈對夏子的家人及其他人際關係也不抱特別興趣，就只是全心全意地專注在夏子身上。正因為這是一段從開始便看得到結束的、沒有未來的、賞味期有限的短暫關係，因此兩人都沒必要考慮未來；比起那不可知的未來，兩人只想在當下此刻，好好凝視著眼前的人。

不久，打工度假簽證兩年即將期滿，最後一天上班日，店長特地開了昂貴的香檳歡送夏子，還送了好大一束花，回國前室友們也開了盛大的送別派對。回國當天，雪奈到機場為夏子送行。那天與剛到雪梨時相同，是個陽光刺眼眩目的夏日，出境大廳裡，雪奈輕輕撫摸著夏子的髮梢與臉頰，盯著夏子看了好久好久，彷彿是要將她臉上所有毛孔的形狀與位置都深深刻印在腦海裡那般。接著雪奈輕輕親吻了夏子的左頰，又親吻右頰，最後四唇交合，彷彿是在親吻已進入甜蜜夢鄉的女兒臉頰那般，所有的動作都安靜而緩慢。

「我會找時間去見夏日的天鵝的。」雪奈說。

夏子默默地點了點頭，輕輕揮手，轉身便走向出境櫃檯。接著在人群簇擁之下搭上飛機，將身體交給那隻白色鐵鳥，任它將自己帶回北半球。

到達東京時已是夜晚，夏子訂了一間新宿的週租公寓，辦好入住手續，將行李在房中一放，便出門前往二丁目。

時隔兩年再訪，二丁目比起記憶裡熱鬧了些，霓虹燈光也比記憶中的景象要更加密集。夏子一邊將眼前的景色與記憶裡的景色進行比對，一邊四處走動觀看，最後腳步停在了KIDSWOMYN的門前。

那間自己曾度過二十幾歲歲月的店，那段自己曾竭盡全力享受這個世界，也耗盡心力與世界對抗時經常造訪的店。熟悉的前後兩扇門扉，熟悉的ㄇ字型吧檯，熟悉的琥珀色照明，就連那開門的瞬間便如海嘯般席捲而來的大音量夜店舞曲，以及聚集而來的年輕目光，一切都是過往熟悉的光景。但不知為何，夏子竟有些怯場了，甚至心裡有種感覺，覺得此處已不再是自己的主場。那些年輕孩子的面容自己已全不相識，所有人臉上都煥發著青春的絢爛光芒。

夏子反射性地望向吧檯內，但那裡已沒有了Nara的身影，取而代之的是一位年約三十多歲後半、夏子未曾見過的短髮女性，正在那裡調著酒。

夏子在吧檯邊坐下，點了一杯威士忌，若無其事地問起Nara的近況，那吧檯內的女人臉上瞬間掠過一道陰影。

女人說，Nara前年因子宮頸癌過世，這家店由她接手經營。

我們一直都在這裡，一直都做為複數形存在於此處。夏子想起Nara的話語，想起那張臉上浮現的，恍惚而虛幻的小酒窩。即使Nara不在了，這裡依舊存在著**「我們」**，任何人不在了，這裡依舊會有別的人在。所謂複數形，換而言之便是可取代性。但是——夏子心想——**做為單數形存在的生命軌跡以及其歷史**，當然也應該好好地被記憶留存。

Nara過世固然悲傷，但夏子並未流淚。夏子發現，自己不知不覺間心靈已強大了不少，十年前那個細膩、容易受傷，在Nara面前哭得希里嘩啦的小女孩，那隻淚眼汪汪、四處徬徨的醜小鴨，已然消失在時間之流裡不復存在。畢竟都過了十年，這也是理所應當，但夏子心中仍不免鬆了口氣，心想，自己真不願意回到那個時代。

半年後，夏子的Polaris便開業了，地點就在L的小道，正好是「Vénus」的斜對角。取這店名，是希望這裡能成為指引徘徊在暗夜裡的小鴨子們的北極星，正如過往的Nara與KIDSWOMYN之於自己。

在那之後又過了十五年，在Polaris度過的夜晚也已超過四千。在這四千多個夜晚裡，有許多人來此造訪，也有許多人離開，有許多店家開業，也有許多店家結束營業。Polaris開張第二年，Vénus便關門了，那間店的位置後來開了一家男同志酒吧。Polaris開業十週年紀念之後，KIDSWOMYN也終於結束了營業。在L的小道店家飽和之後，新的女同志店家轉移陣地至「新千鳥街」一帶，那裡遂成為新的女同志酒吧聚集之處。人潮與店家來去變遷，二丁目這塊區域卻十年如一日地存在於此處，靜靜地等待新世代的到來。

當店內無人，沒事可做時，夏子便會到附近散步，或是到其他店裡作客。偶爾看到有獨自一人在街頭徬徨徘徊、看似無依無靠的年輕孩子，夏子便會試著搭話；若對方真是無處可去，夏子便會帶她到 Polaris，請她喝一杯，正如當初 Nara 對待夏子一般。大多數情況下，夏子的搭話都只是多管閒事，但也的確有些人是因為夏子，才成功融入二丁目這塊土地的。

將香菸在菸灰缸裡按熄，夏子短暫沉浸在香菸香氣的餘韻之中。接著夏子仰視夜空，深深吸了一口氣。天邊掛著半顆巨大明亮的上弦月，月亮還缺半邊才圓，這個夜晚也還餘下一半。

夏子轉過「L的小道」轉角，走到小巷外的道路。這條路右轉直走，能抵達過往 KIDSWOMYN 所在的「第一天香大樓」。左手邊與二十五年前的那個夜晚無異，有一排約與人身高等高的石牆，石牆上方樹影森森，在風吹之下顫顫巍巍。現在當然已經沒有人站壁了。夏子將菸灰缸放在柏油路面上，轉身面向石牆，雙手合十默禱。入夜之後天色漆黑，暗不可見，但夏子知道，在那堵石牆的對面是一座墓園，板塔婆牌位密集林立。

夏子思忖，在人類的歷史裡，女人總活在男人的陰影之中，不論是戰爭的歷史，或是經濟成長與崩壞的歷史，甚至連同性戀的歷史也是如此。對此，夏子已不再有精力去感到憤怒，但夏子常想，那種不同於「他們」的，屬於「我」的、「我們」的歷史，也應當被銘刻在這塊土地上。

回到Polaris店內，正在滑手機的曉抬起頭，看見夏子便笑著說了聲「歡迎回來」。「我回來了。」夏子說。

進到吧檯內沒多久，拉門便被拉開，一個客人走了進來。那客人的名字夏子沒記熟，但確是店內常客。那女孩身穿水藍色大衣，臉上戴著眼鏡，一頭長髮，額上剪成平瀏海。夏子邊準備擦手用的溼巾與小菜，邊一如往常地打了聲招呼。

「歡迎光臨。」

後半夜開始了。

幽深縱穴

——唉，嗆得太凶了。

走在往新宿車站的途中，望月香凜暗自懊悔不已。這類平時深藏在心底的真心話，今天竟一個激動就全部脫口而出，想來大概還是酒喝多了的緣故。

仰望著冬夜的寒空，香凜像是要把肺裡的空氣全都擠出似的，吁地嘆了一口長氣。我到底在幹什麼啊？望著口中吐出的白色煙霧溶解般消失在虛空之中，香凜在心裡默默自言自語，胸口如繩索纏縛般緊繃難受，一顆心兀自劇烈跳動著。

看著那個叫小優的年輕女孩，香凜便感到心頭一陣厭惡煩躁。她似乎以為自己受了傷別人就理所當然應該安慰她，自己還年輕就理所當然有權利對年長者撒嬌，自己只要採取被動姿態，周遭的人就該自行理解她的心意、溫柔地呵護引導她，但她自己又偏愛挑三揀四，一會兒說喜歡長髮，一會兒說討厭雙性戀，硬是把自己的理想強加到他人身上。性格如此任性，若是隻貓倒還罷了，明明都已是個成年人了還這樣。

公主病。香凜想起楊欣教過她的這個中文詞彙，得病者總自以為公主，必須被溫柔呵護對待。想起這個詞，楊欣的臉龐便跟著浮上腦海，香凜數度甩了甩頭，試圖忘掉那張臉。楊欣現在不在這裡，甚至不在這座列島之上。

其實比起小優，更讓香凜感到厭惡煩躁的，卻是香凜自身。香凜知道，自己其實根本沒有資格說小優的不是，她之所以與小優聯絡，並約了在新宿見面，也就只是想利用她而已。比起單純想透過一夜情尋求慰藉的小優，或許自己的意圖還更加惡劣。香凜雙手插在白色大衣口袋裡，一邊低著頭，鞋底貼地般走著路，一邊如此心想。

走到御苑大通前，香凜停下了腳步，等待紅燈轉綠。

分隔二丁目與三丁目的御苑大通上，車如流水馬如龍，引擎聲重複著一定的頻率起伏，毫不間斷地轟然作響，行人如織，喧囂嘈雜幾欲撼動罩住了密集高樓大廈的暗夜穹頂，汽車排放的廢氣味夾雜道旁嘔吐物的臭味，混在夜晚的冰冷空氣裡不斷刺激著鼻腔。赭色車頭燈、紅色車尾燈與橙黃色計程車燈縱排成列，光線在暗夜之中濡溼滲暈，無止盡地流淌著；道路中央安全島上種的低矮路樹隨風搖曳，反射著車燈斷斷續續閃爍著冶豔光芒，人行道的行道樹也為街燈染成一片琥珀色。轉角的便利商店外，年輕男女三五成群，拿著罐裝啤酒邊喝邊喧鬧群聚著；一旁大樓後方陰影處，一對女同情侶坐在建物基石之上，宛如自外於時間之流那般，交換著無聲的親吻。

這樣的二丁目景象，香凜已然司空見慣。自從上了大學、開始獨自外宿之後，香凜每月便至少跑一趟二丁目；與楊欣結識、開始交往之後，沒吵架時，兩人也會同來二丁目喝上幾杯。兩人在 Lilith 的夜店活動裡手舞足蹈、通宵達旦，等末班車過後、身體漸感疲憊之時，便到 Polaris 坐坐，稍事休息，Ajare與BAR Ten也偶爾會去光顧。二丁目裡專接女客的店家尚少，每間都有不同特色氛圍，香凜覺得那就宛如拼圖，缺了任何一塊，拼成的圖畫便不再完美。

香凜覺得自己討厭「完美」這個詞：所謂「完美」不過是人類所創造出的虛幻概念，實際上並不存在於這個世上。完美的人類、完美的正義、完美的（或說「完全的」）女同志，這種東西上哪裡找去？即便是香凜所熟悉的會計領域，結算時也極少有數字能完美匹配、分毫不差的，絕大多數都會出現大大小小的誤差，只要那誤差尚在可容許範圍內，會計作業便會被視為是「正確」的。這樣才「合理」。或許所謂的「完美」，其實早就預設了某種內建的「不完美」，「完美」要得以成立，首先便必須容許那「不完美」的存在，也說不定。

包包裡傳來一陣震動，香凜取出了手機，中國製的免費通訊軟體有人打電話來，畫面上顯示著楊欣的名字。中國網路長城巍峨高聳，外國的通訊軟體幾乎都無法使用，楊欣現在人在中國出差，為接下來要製作的節目進行採訪，要和她聯絡，便只能用這個軟體。

香凜望著手機畫面，茫然發呆了十秒左右，怎麼也無法下定決心按下接聽鍵。智慧型手機螢幕散發眩目的光線，持續規則性地顫動著，握著手機的手都有些麻了。不久畫面轉暗，電話斷線，香凜這才猛然回過神來。

「反正妳也不是完全的女同，」香凜腦中響起了楊欣那低沉的嗓音，兩人私下講日語時，楊欣的語氣和用字遣詞都偏向男性，「遲早會跑去找男人。」

每回和楊欣吵架，她總會眼光銳利地瞪視著香凜，口裡說著這類鋒利詞句。她的視線如同冷冽冰柱，幾乎要刺穿香凜胸膛。

「我才不管什麼遲早不遲早，」香凜直直回望著楊欣雙眼，以沉穩而堅定的語氣回應，「不要管什麼遲早，麻煩妳看著現在的我。」

在那些爭吵與和好的螺旋之中，香凜日復一日地耗損著精力，爭端往往都是一些瑣碎到不行的小事，例如晚回家卻沒有聯絡、和朋友出去沒有事先告知、一起吃飯時滑手機等等。但不管爭吵的理由為何，楊欣總能把話題扯到「反正妳遲早會跑去找男人」上。

楊欣覺得自己是完全的女同志，香凜卻覺得，那種自認為完全的想法，正是楊欣脆弱的根源。比起法律不承認的關係，當然是會被承認的好；比起會受到歧視與偏見的關係，當然是不會被歧視的好。要走向圈外，或是留在圈內，只有不完全的人能夠做出選擇，身為完全的女同志的自己是沒有選擇餘地的。有選擇權的人，當然會選擇輕鬆的那邊，所以自己就只能一個人孤獨地留在圈內，望著許多人搭著只有她們才能搭乘的渡船，橫渡那條河幅寬廣又深不見底的河川，到達彼岸的圈外——或許楊欣的思考模式便是如此。

「我才不信任雙性戀。」楊欣如此大吼道，「明明能喜歡男生，有什麼理由偏要選女生？搞不好妳根本背著我偷偷有男人。」

這便是楊欣出差前一晚對香凜說的最後一句話。那天晚上，楊欣看來情緒比平時更加激動，面對楊欣激烈的話語，香凜不知如何回應，只能腦中一片空白地呆立在原地。有一種討厭的聲音，像是把蚊子聲的頻率提高十倍那般尖銳刺耳的聲音，在腦中不斷穿刺、迴盪。

那晚，香凜睡在臥室床上，楊欣則睡在客廳沙發上。隔日早晨起床時，屋裡已沒了楊欣人影，大概是半夜便離開家裡，獨自前往機場了。望著空蕩蕩的客廳，香凜感覺心裡也開了一個巨大的空洞，連呼吸都感到困難。那張決定同住時兩人一起選購的皮革沙發，椅面上還凹陷出一個人形，那是楊欣纖瘦身體的壓印。朝陽從窗戶照進，成束的光芒裡飛散著無數粉塵，其中彷彿仍存在著一絲楊欣的體香。玄關處，楊欣專用的室內拖鞋雜亂脫在地上，看來像兩隻已然斃命的黑色大蟲。

整整一天，香凜工作都專不了心，雙臂沉重得快連電腦鍵盤都敲不動，打開試算表軟體，也只是眼愣愣地望著畫面上那些死板的白色格子發呆，開會時也心不在焉，誰說了什麼全不記得。午餐時間刻意避開同事，一個人挑了食堂最角落的座位坐下，但卻食不下嚥，坐了半天什麼也吞不進去。

然而當夜幕低垂，香凜走出公司大門，將外頭冰冷的空氣吸了滿懷，那一瞬間突然便把一切都拋到九霄雲外，覺得什麼都不要緊、什麼都無所謂了。香凜去美容院剪去一頭黑色長髮，染成褐色短髮，彷彿這樣就能使心情煥然一新。

既然妳毫無根據質疑我在外面有人，我就真的找個人給妳看——香凜如此心想，打開網路，連上拉子徵友留言板。

香凜在高中與大學時期都曾與男性交往過，高中是廣播社的學長，大學是同系同學，那兩段情感無論是過程或對象都相當不錯，和大學的交往對象曾有過肉體關係，那體驗也自不差。即使如此，香凜與他們的人生道途仍自然而然地分岔，各自邁向不同的方向與前程。香凜早就知道自己也能喜歡女生，也曾暗戀過同性同學或學姊，但真正與同性交往，楊欣卻是第一人。或許便是這個事實，才使楊欣更為不安。但對香凜而言，不論是喜歡男生的自己，抑或是喜歡女生的自己，兩者都是真正的自己；而與楊欣交往的現在，香凜也深覺，喜歡女生的自己在比例上已占有壓倒性優勢。對現在的香凜而言，雙性戀一詞就和完全的女同志一樣，用它來形容自己總覺得有些不對勁。對於現在的自己，這樣的情況，香凜尚無法命名，也不覺得有命名的必要。

留言板的徵人啟事讀了上百則，每則寫法都大同小異，地區、年齡、角色劃分、外觀嗜好，看著看著實在沒什麼聯絡的欲望。即使如此，香凜依舊勉強打起精神，選了五則寄信一試。為了不要讓這僅此一次的出軌弄假成真、演變成具有後續發展的真正出軌，香凜還特地仔細閱讀那些文章，試圖推測寫文者的性格，故意挑選自己不太可能真的喜歡上的人寄信。信寄了五封，其中有回信的就只有那個小優了。

但那個小優的性格令人難耐，實在超乎香凜預期；那句「和雙性戀交往會受傷」的發言，又狠狠地戳中香凜痛點，使她再次想起楊欣。她們兩個成年人原本準備向對方交出自己的身體，都是各有所圖，小優想要尋求慰藉，香凜則意圖利用小優來進行她小小的復仇。但結果，計畫以失敗告終。香凜心中情緒複雜，一面驚懼於自己竟想得到這種復仇計畫，另一面卻又深感煩躁，覺得自己竟連這點小事，都無法順利成功。

香凜雖對小優說自己明天有事必須早點回去，但明天是週日，其實根本沒事，現在回到家裡也無事可做，楊欣人也不在日本，距離末班電車還有一個半小時左右。如果此時楊欣在家中等著自己，那自己想必迫不及待地想要回家；然而現在家裡空空蕩蕩，回去也沒什麼意思。話雖如此，香凜也不想再回到二丁目，但除二丁目之外，又沒其他地方可去。香凜一邊在心裡嘲笑著半吊子的自己，一邊踽踽獨行，往新宿車站的方向走去。

香凜與楊欣是在兩年前的夏天認識的。對在民營電視臺會計部門工作的香凜而言，夏季正是結算申報、預扣稅額繳納、社會保險申報等繁忙業務全都告一段落後，較為輕鬆的時期。公司前輩說，去看看節目製作的現場對會計員工而言也是很重要的經驗，便帶著香凜前往電視臺自行製播的節目出外景的地點參觀，而楊欣就在那裡。

那是個與富士山有關的紀錄片系列節目，為了節省經費，有關富士五湖的外景拍攝便外包給外面的節目製作公司，而楊欣正是那家製作公司的助理導演之一。那天出外景，主要拍攝西湖周邊的觀光景點，如樹海遊步道、富岳風穴、鳴澤冰穴等等。

香凜抵達現場時，楊欣正雙膝跪地、趴在一張木板長凳上用油性筆替提詞卡加工，她的兩手沾滿了紅藍綠各色油墨，手指似乎受了不少小傷，貼滿了ＯＫ繃。她的髮型理成幾近平頭模樣，長處頂多一公分，短處只有數毫米，且額上兩角髮際線還剃得頗高，單邊耳上戴著三個銀色耳針，雖然氣溫高達三十度以上，仍穿著一件寬鬆的長袖帶帽Ｔ。乍看之下她看起來頗似正在讀高中或大學的男生，但以男性標準來講，她的下巴與人中異常光滑，眉骨也頗為平整。她的身高不高，身材纖瘦，肩寬狹窄而頸項細緻。其他人或許沒注意到，但香凜一眼便看出楊欣帶帽Ｔ下其實穿著束胸，將胸部壓平。突然楊欣抬起頭，碰巧與香凜四目相對，香凜發現楊欣細長的眼眶裡鑲嵌的深黑瞳孔蕩漾著一種如黑珍珠般的柔和水光，偶爾卻會現出一種銳利光芒。楊欣低頭垂目，那雙瞳為修長的睫毛所覆蓋，又瀰漫著一種說不出的哀傷氛圍。

攝影開始後，香凜的雙眼依舊緊緊盯著楊欣。她在現場的任務是翻字卡給播報人員看，這是種只要習慣了，任誰都做得上手的工作，但比起導演和播報員這些重要角色，對香凜而言，楊欣反而更有存在感、更吸引著香凜的目光。

冰穴通往地下的入口是高聳而陡峭的石頭階梯，階梯石板到處都有潮溼處，呈現黑色色澤。香凜跟在製播團隊後方，也進入了冰穴。沿著階梯走下了幾級，明明都還沒走進洞中，香凜便清楚感受到空氣已帶著一股寒意。明明地面上是三十度左右的炎熱高溫，沿著階梯往下走至某個高度時，氣溫便驀然降了十幾度，且每下一級，氣溫還更低上一些。冰穴是座延伸至地下二十公尺深的縱型洞穴，因此走進洞內後，階梯仍在延伸，中途還經過洞頂高度僅九十公分之處，必須把腰彎低、俯著頭、抓穩扶手，一步一步小心走下樓梯才行；即使細心留神，頭上戴著的塑膠安全帽依舊數度與洞頂岩石碰撞，發出數聲鈍響，若是沒戴安全帽，想必早已受傷。

「這裡是位於青木原樹海正下方的鳴澤冰穴，冰穴和風穴一樣，都是熔岩洞，距今一千一百五十年以前，從富士山噴出的岩漿逐漸冷卻凝固時，岩漿內部含有的氣體，以及尚未冷卻完全的岩漿就往外噴出，結果就形成了這樣的洞穴。」

三十多歲的女性播報員邊以手勢指向洞穴內部，邊朝麥克風和攝影機解說道。「由於冰穴的下方是永久凍土層，因此洞穴裡面非常寒冷，現在外面氣溫很高，有三十度左右，但洞穴裡面竟然只有——」播報員看了看手中的溫度計後，將溫度計出示在攝影機前，「四度！炎炎夏日，洞穴裡面依舊很冷。所以在冰箱還沒發明的時代，昭和時代中期之前，人們會在冬天收集冰塊，保存到這樣的洞穴裡，這樣冰塊到夏天也不會融化，可以說是一座天然的冰箱。」

香凜沒想到洞內竟會如此寒冷。香凜穿著夏季的輕便服裝，身上只有一件短袖連身裙，也沒帶開襟衫、外套一類的衣物，在洞內待的時間一長，漸覺寒冷難耐，只得雙腿併攏，雙手直搓著手臂取暖；即使如此，香凜仍確實感覺到體熱正逐漸被一點一點地奪去。

好想早點回到地面上。香凜心想。但冰穴內的通道是單行道，無法回頭；而香凜既是和前輩一起來參觀的，當然也不好超前，走到製播團隊前方。播報員正對著攝影機，解說著冰穴內一處叫地獄穴的洞穴。那是極為危險的洞穴，一旦不小心摔下去便再也爬不上來，因此被稱為地獄穴。那穴道延伸至哪裡不得而知，有傳說說那洞穴一路連通到江之島一帶。這的確很令人感興趣，香凜心想，但如果地獄比這裡還暖和的話，那或許便去去也無妨。

突然香凜感到有人把一件什麼東西披在自己身上，回頭一看，是楊欣把一件男用薄外套披到她的肩上。兩人已交換過名片，因此香凜知道她的名字。

「會冷，就穿上吧。」

楊欣簡短地說道。楊欣的嗓音與她的男性化外表相仿，略為低沉而沙啞，若不是面對面而是講電話，大概根本無法判斷性別。這聲音真棒，香凜心想。明明是初次見面，楊欣說話卻沒用敬語，但香凜也並不覺得被冒犯。

「謝謝。」

香凜道了聲謝，穿上了那件薄外套。那件吸飽了陽光的外套穿在身上相當暖和，還略帶著一點香氣，那香氣是太陽的香味與外套主人的體香混雜而成的，雖然是男用外套，但那體香卻無疑屬於女性。

詢問之下，楊欣說助理導演的工作便是要事先查好外景地點的資料，並提前到現場探勘，因此她早就知道洞裡相當寒冷。外景地點的資訊已在團隊內部報告過，但楊欣仍多帶了幾件外衣，以防有人準備不周，如此設想周全，也是助理導演展現其工作能力的方式之一。香凜不知道助理導演連團隊成員的身體冷熱都要照顧到，這是否算是正常情況，但這件外套無疑幫了香凜一個大忙。

攝影結束後，香凜邀楊欣一起吃晚餐，以示謝意。

「抱歉，」楊欣神情略顯尷尬，眼光在地面徘徊來去，自言自語般地回應道，「我還有很多工作要做，必須回公司。」

「約幾點都沒關係，時間短也沒關係。」香凜說，「工作再忙，飯總得吃吧？」

結果那天，兩人直到晚上快十點才在楊欣位於港區的公司附近碰面，共度晚餐，地點是營業到早晨的連鎖居酒屋。能在十點前就下班，對楊欣而言似乎還算早的。她的雙眼下方浮現著兩圈黑眼圈，眼球也微充著血，眼皮像沉重的簾幕，感覺隨時都要落下。胸部依然穿著束胸壓平，帶帽T前胸與後背之處，都有汗水重複濡溼又風乾的痕跡。兩人邊喝著啤酒，邊天南地北地聊著各種話題：有意義的話題、意義不大的話題，以及毫無意義的話題。楊欣日語流暢，易聽易懂，說起話來也井井有條、邏輯分明。透過楊欣講述，香凜才得以明白楊欣的身世。

楊欣進到現在的製作公司任職雖還只是第二年，但以歲數來說，她卻比已在電視臺工作四年多的香凜大上兩歲。

楊欣從小由母親一手撫養長大，也就是所謂的單親家庭。在中國的一胎化政策之下，楊欣當然也是獨生女，母女二人相依為命，在北京郊外一幢老屋裡過著深居簡出的生活。

打從懂事以來，楊欣的記憶裡就沒有父親的存在。母親對待楊欣雖極為溫柔，細心呵護著一路帶大，對楊欣的父親卻是絕口不提——甚至已到了堅決拒絕提起的地步。做為一個沒有父親的孩子，楊欣從小便常遭到同學嘲笑。同學用來嘲笑她的，都是些極為惡劣狠辣而不堪的詞語。楊欣每次都進行劇烈反擊，有人笑她，她就撲到那人身上，用拳頭揍得對方鼻血直流，或用小石頭敲打對方腦殼。絕大多數情況下都是對方膽怯、四散而逃，但反擊卻也不見得次次成功，有好幾次反擊不成，反遭對方毆打，於是便輪到楊欣流鼻血或頭上腫個包了。不論反擊成功或失敗，楊欣總是一回到家就撲在母親懷裡，詢問自己的父親究竟去了哪裡。母親總是默不作聲、緘口不答，唯獨有那麼一次，母親嘀咕著如此說道：

「妳的爸爸不在這，他在妳出生的隔年就不見了，失蹤了。」

楊欣是個功課優良、頭腦機靈的小孩，儘管「失蹤」這個詞日常生活裡用處並不那麼多，她依舊明白那個詞的意思。人或東西突然不見了，這就是失蹤，比如書桌抽屜深處偷偷藏著的糖果突然消失，家裡養的兔子或鄰居的小孩突然不見，這些都能叫作失蹤。楊欣想不明白的是，究竟在什麼樣的場合，或說在什麼樣的情況之下，一個人類——而且還是個身體（應該）比自己大上許多的成年男性——會突然失蹤，又為什麼非失蹤不可。

一直到初中二年級的某堂國文課，楊欣才感覺到那團圍繞著自己身周的濃烈迷霧稍微淡去了些。當時，國文老師正在講解《禮記》的〈禮運．大同篇〉：

「使老有所終，壯有所用，幼有所長，矜寡孤獨廢疾者皆有所養。」老師念了一段課文後解說道：「矜、寡、孤、獨、廢、疾，六個字意思都不同，各自代表六種社會弱勢群體。矜是年老卻沒有妻子的男人，寡是年老卻沒有丈夫的女人，孤是沒有父親的孩子，獨是——」

「那『孤』不就楊欣嗎？」

突然班上有個男生，話裡帶笑地如此說道。他也沒有大聲叫嚷，但音量依舊足以讓全班同學聽到。霎時間，以男生為中心，班上爆出一陣哄笑，還有人邊笑邊拍手鼓譟。

楊欣感覺雙頰急遽發熱，彷彿全身的血液都集中到臉上一般。與發熱的臉頰相反，四肢的體溫迅速下降、轉為冰涼，胃裡像是突然空掉了一樣，只有心臟還在劇烈的跳動著。背上滲出汗珠濡溼白衫制服，大把大把都是冷汗。還來不及思考，楊欣便往隔壁座位上、正在拍手鼓譟的男生飛撲而去，將他從椅子上撞落。砰的一陣巨響，椅子被撞翻了過來，桌子也受到衝擊而翻倒在地，撞出爆炸般的一聲響。在那瞬間，笑聲與拍手聲戛然而止，取而代之的是陣陣尖叫聲與不安的喧譁聲，朝四面八方擴散開去。而楊欣卻無視周遭的情況，只是騎在那男生身上，不斷將拳頭往他臉上揮去。

那天，國文老師命令楊欣放學後留在教室。國文老師是位初老的男性，戴著一副大圓眼鏡，頭頂略禿，身穿典雅的象牙色唐裝。他意味深長地把楊欣從頭到腳，又從腳到頭，來來回回打量似地看了好幾遍，接著別開眼神，彷彿人生中懷抱的某種巨大疑惑終於獲得解答一般，重重地點了幾次頭。他繞行教室周遭，仔細將門窗一個個關上並上了鎖，又把窗簾拉上，使一絲光線也透不進室內。血色的夕陽被阻絕在教室之外，教室內立時顯得昏暗不少。

被命令放學後留下時，楊欣早已做好被痛罵一頓的心理準備，心想無論被如何訓斥，都絕對不要還嘴，只要低頭聽訓便罷。但若只是要罵學生，這老師的態度卻也未免太過謹慎，彷彿接下來這間教室裡即將發生的，是某種絕不能令他人眼見耳聞的事態。

楊欣腦中直覺地便想到了與性有關的事。就在此時此刻，這教室裡只有兩個人，只有老師和自己。所有門窗都被鄭重地鎖上，窗簾也都緊緊拉上，若非有人抱著強烈意志，硬是從外面打破窗戶或是撬開門鎖，那教室裡的一切動靜，外頭根本無法掌握。教室裡只有老師和自己，不論接下來發生什麼事，都沒有人會看到。老師是四十多歲後半的成年男性，而自己只是個十四歲的初中女生——自己雖然頭髮剪得短短的，制服也不穿裙子而穿長褲，開始發育的胸部綁上布條壓平，與同班女生相比，在性方面的吸引力實在不強，但以定義而言，卻也毫無疑問是個初中女生。楊欣心想，這樣的兩個人，此刻就關在教室裡獨處，無論老師接下來要對自己做什麼，那想必都不會是什麼好事。一思及此，楊欣便悄悄從筆盒裡取出圓規握在手中，做好應戰的準備。

然而，老師什麼也沒做。他繞行教室一周，確認所有門窗都鎖好後，便從唐裝口袋裡取出香菸盒，掏出一根菸叼在嘴邊，點著了火。他闔上雙眼，深吸一口氣後，緩緩吐出一道白色煙霧。

楊欣緊緊盯著老師的一舉一動，心中有些動搖。教室當然不是允許抽菸的地方，而國文老師吸菸，自己也是第一次看到。不只如此，透過微弱的光線，楊欣依稀可見老師側臉上爬滿了深深的皺紋，那些皺紋一道一道，都像是在吶喊著什麼巨大苦痛一般，令人看了便心生不忍。光是看到這副情景，楊欣便覺得自己真是愚蠢，竟然懷疑老師要對自己做出什麼不堪之事。

半晌，老師緩慢張開了口。

「妳的父親，」老師說，「妳知不知道些什麼？」

楊欣萬沒想到老師會提起自己的父親，不覺感到心跳加劇，卻鎮定地緩緩搖了搖頭。「我什麼都不知道。」

「這樣。」老師說，又點了幾次頭，依舊是那種沉重萬分的點法。接著老師換了個問題：「妳八八年生的？」

「是，八八年二月。」

聽了楊欣回答，老師又點了幾次頭。

「八〇後，是吧？出生於八〇年代，沒經歷過紛亂與貧困的幸福世代。」

說到這老師略頓了一頓，才又接著往下說。「但按我說，那卻未見得幸福。」

楊欣靜靜等待老師說下去。

老師突然如此說道，不禁使楊欣睜圓了眼。「他是在妳出生的隔年不見的。妳有沒有什麼線索？」

「我認識妳父親。」

楊欣略沉思了一會兒，便想起母親曾說父親是在自己出生的隔年失蹤的。

「母親不大愛提父親的事。」楊欣輕輕搖了搖頭，說道：「我只聽說他失蹤了。」

「那說法確實精確。」老師說，「精確，但不正確。」

「精確，但不正確。」楊欣複述道，心裡咀嚼著老師的話語。

「他是我大學學弟，北大中文系。」

說到這，老師隨即轉身面向楊欣，雙眼直視著她，彷彿接下來就要進入正題。「他是個很聰明的學弟，博聞強記這詞彷彿就是為他造的一樣。他大一時就在報章雜誌發表社論，大二就出版了第一本小說。那是本可堪媲美喬治・奧威爾《一九八四》的政治小說。妳讀過《一九八四》沒有？」

楊欣搖了搖頭。歷史課上聽過書名，但沒實際讀過。

「有空讀讀看吧，妳父親的書被查禁了，卻幸好《一九八四》沒被禁。讀了這書，對我們這國家的歷程，多少會有些更深的理解。」

楊欣靜靜等待老師說下去。她才不管什麼國家歷程，她在意的是父親的事。

老師繼續往下說。

「本科畢業以後，我就找到工作，成了初中國文老師，就妳看到的這樣。」老師張開右手，做出展示般的手勢，不久那隻手又頹然垂下，如花朵凋萎般垂在身體一側。「但妳父親不同，他繼續讀研、讀博，是個前景看好的年輕學者，備受周遭期待。和妳母親結婚，是他碩士畢業那年的事。讀博第三年，他就不見了。」

「為什麼不見了？」

楊欣迫不及待，催促著老師往下說。老師再次迎上她的雙眼，眼神認真地凝視著她，臉上現出為難之色，彷彿內心正進行著矛盾的天人交戰，皺紋橫生的額上滲出了點點汗珠。良久，老師才彷彿下定決心一般，吐出了一口長氣，靜靜地張口開始講述。

「一九八九年六月四日，那是妳父親失蹤的日期。」

老師以楊欣未曾見過的銳利眼神，緊緊盯著她的雙眼，那眼神之銳利，彷彿一觸及便要割傷皮膚、滲出血滴。「生死未明之人，就算倖存的機率近乎於零，那也叫失蹤。說是說失蹤，但恐怕已不在這個世上了。」

接下來老師講述的，是楊欣所未曾聽聞之事，關於一九八九年六月三日夜晚，乃至四日早晨，天安門廣場上發生的慘劇——楊欣課業算是不錯的，也愛好讀書，上小學前就常看書，對中國歷史頗為熟悉，歷史課上也把三皇五帝到中華人民共和國全學過了一次，即使如此，她依舊沒聽過什麼天安門事件，既沒在書裡讀過，也沒在電視、網路上看過，包含母親在內，也沒聽任何人提起過。才只不過十幾年時間，所有的一切都被拋到了忘卻的彼方。

明明有數不清的人遭到殺害，卻為何沒有人提起？為何沒有人告訴自己？為什麼大家全都裝作一副不知情的樣子？

這是陰謀，楊欣反射性地想道。十幾億國民夥同國家政府，一起將自己的父親放逐至死亡的疆界，然後又企圖隱瞞事實，不讓身為女兒的自己知曉。為了不讓父親的女兒，這年僅十四歲的初中女生察覺到事情真相，整個世界都動了起來，想方設法、費盡心思，就為了要裝聾作啞，瞞過自己。

我才不會讓他們得逞。楊欣心底驀地燃起熊熊鬥志。楊欣當然不知道如何與世界鬥爭，即使如此，鬥志依舊燒得旺盛。回到家後，楊欣便把自己關進房內，整整一週，除了吃飯和上廁所外便沒踏出房門一步。她必須這麼做，才能整理混亂的思緒，好好思考該如何處理這些前所未聞的全新資訊。

她並不想質問母親。儘管年僅初中，楊欣依舊曉得，若將老師告訴自己的事情任意張揚，將會害老師陷入極為不妙的處境。而且，母親肯定知道事情的真相，既然如此她也可說是共犯，是讓自己遠離真相的共犯。

自己終於得知了真相，但只有自己知道的真相，又有什麼意義？若非眾所皆知，所謂真相其實毫無意義；而不具意義的真相，與不存在便沒什麼不同。楊欣做出如此結論。

進入高中後，楊欣便立志要當記者，在當時的楊欣心目中，記者便是查明真相，並將事實公諸於眾的理想職業。楊欣心想，終有一天，一定要把這被隱蔽的真相公諸於世，這便是對自己那未曾謀面的（至少楊欣不記得）父親的，一點鎮魂之意。楊欣大學就讀大眾傳播系，畢業後便進到電視臺，成了記者。

然而進入職場後，楊欣隨即撞到了堅硬的現實高牆。透過實際工作經驗，楊欣注意到，所謂真相總是會以某種方式遭到扭曲或損毀，最終只能以不完全的型態傳達到世界之中。影響真相傳播的可能是用字遣詞的選擇，可能是拍照攝影時的構圖，也可能是文章或影片的剪輯手法，只要有心，真相竟是可以隨心所欲自由編輯扭曲的，就好像烤好的肉能自由添加調味料那般。而在特定情況下，真相甚至可以被創造或是被消滅，當某種無可抗衡的巨大意志——來自國家或黨的審查，或是電視臺高層自覺體察長官心意——

介入時，所謂真相其實不具任何力量，就像風中殘燭般脆弱，一吹就熄。

楊欣再也忍受不了鋪天蓋地的審查之網，一年後便辭了職。她一心渴望一塊能自由接近真實的土地，將自由的空氣吸個滿懷，便決定前往國外。楊欣大學時曾選修過日語，因而決定前往日本，在日語學校就讀一年、專門學校就讀兩年後，便進到一家專門製作紀錄片的電視節目製作公司，擔任助理導演。她滿心期待著有天能成為導演，拍出一部將中國——特別是天安門事件——的真相傳達給世界的紀錄片。

環繞在鋼筋水泥的懸崖峭壁之中，撥開層層湧至的光之浪潮，香凜在新宿通上走著。

這條路香凜已走過了無數遍，有時是末班車前的深夜，有時是首班車後的清晨。不論是身披著冶豔的霓虹彩光，或是沐浴著瀅潤朝陽，這座城市每天都有數百萬人湧入，接著復又離去。置身在這樣一座巨大城市裡，不免覺得自身的所有情緒起伏，都顯得微不足道。

經過伊勢丹百貨店前時，有個東西吸引了香凜的目光。伊勢丹前的人行道上，道旁種著幾株盆栽，其中有一株的樹木下擺著一盞高約三十公分的小燈籠，微微散發著月黃色的燈光。燈籠上貼著張紙，楷書寫著「免費人生諮商」；盆栽旁擺著一張摺疊小桌，以及兩張小摺疊椅，其中一張椅子上坐了一個頭戴深藍色針織帽、身穿黑色外套的男子，正拿著一本文庫本在閱讀。

已走過這條路無數次的香凜，隱隱約約知道伊勢丹前的道路上一到夜晚就常會有人坐在那，但從前並未太過留意，畢竟每次走這條路時，大抵都是匆匆忙忙地要趕末班車，且新宿的馬路上實在有太多令人目不暇給的事物，因此香凜本能地覺得反正大概是占卜攤位之類，便一直都是過目不見了。但今天仔細一瞧，那針織帽男子看起來並不像個占卜師，桌上也沒有算籌、命盤或塔羅牌等占卜道具；雖也有可能是看手相的，但假若如此，燈籠上寫「手相」便可，也沒必要寫什麼「人生諮商」來瞎混。

距離末班車還有不少時間，香凜實在不想就這樣回家，但也無處可去，也不想回去二丁目；不只如此，更重要的是，香凜發現自己現在極想找個人說話。前一刻對小優破口大罵，那不舒服的感覺現在仍沉重地壓在心上，使香凜不論如何嘗試深呼吸，都永遠像是氧氣不足那般，感到全身不痛快。如果就此回到空無一人的家中，肯定便要一直受到缺氧狀態所苦。的確，自己的情緒起伏對這世界而言或許微不足道，但那卻緊緊纏繞揪擾著自身。

香凜又朝那男子望了一望。男子身形瘦削，雙頰沒什麼肉，下巴上長著鬍碴，雖然因頭上戴著針織帽而無法確認頭髮生長情況，但從臉形和皮膚判斷，可知年齡大約是三十多歲後半或四十多歲前半。香凜雖有些抗拒和不認識的男子說話，但想到在人車往來頻繁的新宿幹道街頭，諒他這樣一個瘦削男子應該也不至於對自己的安全造成威脅。

管他是人生諮商還是占卜算命，香凜只想找個人說話，若有人願意免費跟自己說話，那自然是再好不過。如果對方真的是詐欺師一類，而自己又不幸著了他的道，那時大不了自認倒楣。香凜如此心想，便下定了決心。

「你好。」

香凜對男子說道。男子手裡的文庫本套著紙書套，看不出是什麼樣的書；桌上擺著一本黑色封面的資料夾，裡面裝著什麼自然也不得而知。

男子從書裡抬起頭，正好與香凜四目相交。他的雙眼細長微睜，令人聯想到柴犬，一思及此，就連那小而豎長的耳朵、細長的嘴與微尖凸出的下顎，看來都隱約像起了柴犬。

「妳好！」

柴犬男將文庫本收進包包，對香凜打了聲招呼。「小姐是今天第一位，請坐請坐。」

香凜依言在空著的那張椅子上坐下。男子從包包裡拿出一塊白色塑膠牌放在桌上，那是餐廳裡時常可見的那種寫著「預約席」的牌子，只是牌子上寫的是「您是第二一三八人。」數字處用的是可重複黏貼的自黏貼紙。

「我倒也不是有事想諮商，」香凜說，「只是想說說話，可以嗎？」

「常會有人這麼說，」男子說，「但我覺得，總會有什麼想找人商量的事吧。」

男子舉起一隻手展在身側，指著新宿通人行道上的洶湧人潮。「小姐妳也是因為有話想說，才會來找我說話的不是嗎？不然一般人哪會在路上跟我這種不知道在搞什麼鬼的人搭話？」

香凜對男子的話不置可否，只轉移了話題。「那你為什麼要做這種不知道在搞什麼鬼的事呢？而且明明是不知道在搞什麼鬼的事，還有兩千多人來找你講話。」

「正因為有人愛做不知道在搞什麼鬼的事，也有人願意參與，這世界才有趣。而新宿這地方，偏偏就有許多這樣的人。」

男子以右手手指在桌上的塑膠牌上咚咚地敲了幾響。「我一開始是在澀谷做諮商，之後又轉移陣地到許多地方，最後才在這裡落腳。我覺得新宿就像是社會的縮影，有黃金街那樣氛圍奇特的酒吧區，有象徵慾望的歌舞伎町，也有性少數聚集的新宿二丁目，這裡充滿著各式各樣的人。」

男子口中說出新宿二丁目這個詞，倒使香凜頗有些意外，但香凜沒顯露在表情上。「為什麼你要做這種事呢？」

「我喜歡聽人說話。」男子說：「我以前在一間咖啡廳工作，地點在靖國通上，店面雖小，卻有很多機會跟客人說話，店裡有各式各樣的客人，聽他們說話讓我相當享受。其中有些有煩惱的客人會向我吐露心事，有時我一個得意忘形，就給了些建議，有幾個客人聽了我給的建議後順利解決煩惱，看到他們豁然開朗的神情，我就覺得開心。這樣的事做了一陣子，有天我就想，不如在路上做人生諮商，所以就辭掉了那份工作。那大概是三年前的事。」

「你這決定可真需要勇氣。」香凜說。

「反正我也做得開心，這沒什麼。現在我一邊在麵包工廠打工，生活也還算過得去。」

明明是在做人生諮商，這男人卻不問問題，反倒滔滔不絕地講起自己的經歷，但不可思議地，香凜並不感到厭煩，反而對男人積極公開自己資訊的態度頗持好感。或許也多虧了那酷似柴犬的外表，使人感覺不到什麼下流或可疑之處。當然，也有可能這一切都是經過計算的刻意演技，不過假如真是如此，目的卻又不得而知。

「現在冬天，你不冷嗎？」香凜問道。自己每講一句話，都有白色煙霧從口中吐出。

「這裡其實還滿暖和的喔。」男子說道，用手指了指自己所坐之處的地面。「因為地下鐵就從這下面通過。」

香凜看了看男子手指之處，果然，在水泥人行道路面上，只有兩人所坐之處嵌著鐵製的格子狀蓋板，大概是地下鐵車站的通風口，蓋子下方不斷湧出陣陣熱氣。但即使如此，香凜也只感到下半身較為暖和，上半身依舊寒冷，但對男子而言，或許這樣就足夠了。

「再這樣下去，會變成光是我在講自己的事了，小姐要不要也說說自己的事？」男子說道。

香凜猶豫了好一陣後，終於下定了決心。世上既有人願意為了揭露政府暴政而東奔西走，那麼有人因為喜歡聽人說話，就在路上搞免費人生諮商，當然也就沒什麼好奇怪的。再說，眼前這男子看起來既不像是詐欺師，也不像保險業務員或老鼠會成員，對不過是偶然路過的自己說謊，想來也沒什麼好處，大概真的不是別有所圖。既然如此，香凜心想，姑且就試著相信這男子所說的話吧。同時，香凜又對自己的疑心病感到有些受傷：為什麼在這世上，要相信他人竟是如此困難？

「我和情人吵架了。」香凜說。

「情人，是男生呢，還是女生？」男子問。

香凜沒想到男子會有此一問，不禁在心中暗暗佩服。

「竟然會想到要確認這點，真不錯。」香凜說，「你想得沒錯，她是女生。我和她還在吵架，她就跑到國外出差了。」

「怎麼覺得我好像被試探了？」男子笑著說，「如果對方是男生，一般大概都會直接說『男友』，妳偏偏說『情人』，我就想到會不會是這樣。」

男子翻開那本黑色資料夾，翻至其中一頁放在香凜面前。那頁的標題是「多元性別」，其下按「生理性別」、「性別認同」、「性取向」、「性別表現」四個分類排列組合，寫有各種多元性別的名詞：異性戀、女同性戀、男同性戀、雙性戀、跨性別、無性戀、非性戀、半無性戀、泛性戀、疑性戀、非二元性別等等，香凜所知的名詞大概都列在其中，各個名詞旁也寫著簡單的定義，雖然不過是網路上隨手一查就查得到的教條式分類與說明，卻也讓香凜由衷佩服。

香凜翻了翻別頁，那些頁面羅列著五花八門的理論框架，如「馬斯洛的需求層次理論」、「煩惱的四種分類：HARM」、「金錢買得到的東西／買不到的東西」、「心理問題的五種層次」、「騷擾的種類」、「周哈里的四扇窗」、「戀愛的五種階段」等等，大概也是坊間心靈雞湯類書籍或是網路資料的現學現賣，看來這本資料夾，大概便是男子進行心理諮商時所用的參考資料了。

看了那些資料後，香凜略放了心，原因有二：其一，至少這男子並不是詐欺師一類，而是真的在路上提供免費人生諮商服務；其二，看來這男子並不是受過什麼專業訓練的諮商師，只是憑著經驗與直覺，以自己的方式在搞諮商。香凜對諮商師、心理師、顧問這類鄭重其事的頭銜向來沒什麼好感，總覺得他們似乎永遠是在試圖引導人「走向正途」。在馬路上搞免費人生諮商，這豈不有趣得緊？香凜心想。

「小姐妳是哪個呢？」

男子用手指著「多元性別」的那頁，如此問道。

香凜略遲疑了一陣後，緩緩搖了搖頭。「我不知道，也不想決定。」

「不想決定，也就是疑性戀囉？」男子問道。

「不是這樣。」香凜說道，「我只是覺得沒必要用某個名詞來定義自己。我以前和男生交往過，現在又和女生交往，但我並不覺得自己是雙性戀，也不認為自己是完全的女同性戀。我覺得不管使用哪個名詞來形容自己，都好像會把某部分的自己給削掉。」

「原來是這樣。」男子說，「對有些人而言，有個名詞比較能放心，這樣才能知道自己到底是什麼，才有辦法肯定自己；但妳就是屬於那種不需要名詞的。」

「對柴犬自身而言，究竟牠的名字是柴犬還是秋田犬，也沒什麼重要不是嗎？」

「小姐妳說話很有趣欸。」男子笑了笑，露出一列泛黃而不太整齊的門牙，「妳和情人為什麼吵架？」

香凜把楊欣的事對男子說了一遍。由於再過不久就是天安門事件三十週年，楊欣任職的公司也罕見地啟動了一項關於天安門事件的紀錄片專案。楊欣明明是為了製作傳達中國真相的節目才到日本來的，進公司三年多，卻只能做一些與那毫不相干的節目，如到日本各地採訪工業製造技術職人、運動員，或是一些介紹觀光美食的節目等等。這次，公司內準備製作天安門事件相關影片，楊欣立刻就舉手表示想要參與，她的直屬上司也同意了。

然而企劃到了高層，楊欣毫無預警地被排除在團隊名單之外，而被派去製作一則採訪日本偶像團體在中國的活躍情形的節目。楊欣對上司表達強烈抗議，上司解釋，公司高層認為中國人參與天安門事件的計畫可能會造成人身安全上的危險，為保險起見才讓楊欣去做別的節目。

「公司也是為了妳著想嘛，這也是沒辦法的事。」

香凜聽說這件事後，便如此安慰楊欣，沒想到這話卻反而觸了楊欣逆鱗。

「怕危險就什麼事都做不成了！」楊欣大吼道，「就連妳也覺得我是膽小鬼嗎？」

小時候為了對抗周遭的霸凌，楊欣彷彿全身都披上了堅硬的鎧甲、長滿了銳利的刺勾，這些即使在成人之後也無法完全褪去，導致她對可能會損害到她自尊心的一切事物，總會採取過度敏感的反應，但在香凜看來，那都無異於虛張聲勢。

「我懂妳的理想。」香凜說，她努力不露出害怕的表情，而是直直與楊欣雙眼對望，語氣冷靜，「但我希望妳能安全，對我而言這才是最重要的。」

「妳果然還是不懂。」楊欣繼續大吼，「那個事件裡死了幾千幾萬人，他們不是因地震或海嘯而死，是被國家用機關槍和戰車殺死的！」說到這，楊欣略頓了頓，深深吸了好幾口氣，半晌，才以手掌捶打自己胸膛，又大吼出聲：「我的爸爸也在那裡面！」

「不要那麼大聲，」香凜冷靜地說，「那樣只更顯出妳的脆弱。」

「哦，這樣啊？」楊欣語帶自嘲，輕輕哼了一聲，「反正我就是脆弱嘛，妳幹麼不找個更堅強的人交往？反正妳也和男生交往過啊。」

「幹麼又提這事？我現在是在和妳交往，和妳這個女生交往。」

「我才不信任雙性戀，明明能喜歡男生，有什麼理由偏要選女生？搞不好妳根本背著我偷偷有男人。」

兩人的談話到此告終，香凜再也說不出任何話語，只一味地盯著楊欣的雙眼瞧。楊欣雙眼布滿血絲，剪得短短的頭髮看起來一根根都在倒豎。香凜沉默地轉身，走進寢室，在背後重重把門摔上。隔早起床時，楊欣已經出門了。

「聽妳講起來，好像這並不是妳們第一次吵架？」搞人生諮商的男子問道，「妳們常吵架嗎？」

香凜輕輕點了點頭。「我們交往兩年多了，大概每兩個月就吵一次架。」

「聽起來，妳的情人雖然有遠大理想，自尊心也高，但似乎對自己沒什麼自信。」男子問道，「妳知道原因嗎？」

「我聽她說過，她以前交往過的幾個女友，最後都選擇了跟男人在一起。」香凜回答，「或許正因為她外表偏男生樣，以前的女友都是被她這點所吸引，所以每次被甩，她都會覺得自己只是替代品，永遠比不上真正的男人，自卑感就一再受到強化。」

「她以前的女友是真的比較喜歡男生嗎？」

「我不認識她以前的女友，所以也說不準，但應該不一定吧。」香凜說道，「當然在那之中說不定也有和女生交往過後覺得果然還是男生好的人，也可能有人是和男生和女生都能交往，但和女生無法結婚才不得已選擇男生，或許也有人其實是喜歡女生的，卻因為抵抗不了社會和家庭壓力而被迫和男生結婚。中國實施一胎化政策，對結婚的要求似乎更為強烈。」

「有很多種可能性呢。」男子說，「對那些選擇和妳情人分手而和男生交往的前女友們，妳有什麼感覺？」

「我覺得某種程度上也是無奈。」香凜說，「我不想責備她們，畢竟不得不做出選擇的人，也有其痛苦之處，更何況歸根究柢，同性間的關係不受到社會及法律的保障，這才是最大的問題。而社會壓力這東西，並不是每個人都能承受得住的。」

「但她們傷害了妳的情人，就結果論而言，這也成了妳們吵架的原因。」

「每個人都有過去。」香凜說，「我覺得愛一個人的現在，就意味著要接受她的全部，包括她的過去。你不覺得嗎？」

「妳這覺悟很棒。」聽了香凜的問題，男子微微笑了笑。「但不見得所有人，在喜歡上一個人的時候，都能有那種覺悟。」男子又再次用右手食指敲了敲桌上那寫著「二一三八人」的牌子，「我做人生諮商做了兩年多，有許多人都為情人的過去感到煩惱。」

「什麼樣的過去？」

「有人常流連特種行業，有人參加過群交派對染上性病，有人是性別認同障礙者，更改過性別，也有人曾經是性暴力事件的受害者或加害者。」男子斂去笑容，表情正經地說，「這些例子都不是那麼容易，能說接受就接受的對吧？」

男子提出的例子有些超出香凜的想像，使香凜對自己前一刻的大言不慚略感羞愧。「對這些人，你都是怎麼給建議的？」

「每個人個性不同，當然也就沒有統一的建議。」男子沉吟片刻後說道，

「但大前提是，我們人類所能改變的事物相當有限。過去無法改變，他人無法改變，社會與法律也不是那麼容易就能改變的。說到底，人類能輕易改變的事物就只有一項。妳猜那是什麼？」

「自己？」香凜問道。

「小姐妳很聰明，」男子笑著說，「反應也快。」

這大概也是某本心靈雞湯上讀來的吧，香凜心想。「但其實就連自己，也有許多事情是無法改變的。」

「當然。」男子說道，「長相、身高、手腳大小、膚色都不是那麼輕易就能改變的。」

「性取向也是。」香凜補充道。

「有句話我很喜歡。」

男子說道，從包包裡掏出一本小冊子，那本冊子看來似乎用了很久，皮革封面已經褪色，裝訂部分損毀，很多頁面感覺都快脫落了，頁面紙張的邊緣也都起了毛。

冊子裡用原子筆密密麻麻地寫滿許多文字。男子翻開其中一頁，指著那上面寫的文字給香凜看。藉著街燈的光，香凜勉強讀出那雜亂的筆跡。

——祈求上帝：賜予我勇氣去改變我所能改變之事，賜予我冷靜以接受不可改變之事，賜予我智慧以分辨這兩者間的差異。

「聽說這是美國神學家說過的話。」男子說道。

香凜沉默，陷入了思考。對自己而言，什麼是能改變之事？什麼是不可改變之事？有什麼事物，是不惜改變某些事也要去守護的？又有什麼，是即使失去某些事物也不願改變的？種種叩問的念頭如顏色相近的黏土相交揉雜，在腦中混成一團，分不清孰彼孰此。

「本來，」香凜一邊試圖整理思緒，一邊說出心中感想，「我是為了和情人吵架一事來找你諮商的，但講著講著，好像反而更混亂了。」

「為了建設，有時必須先破壞。」男子將冊子收回包包，語中帶笑地如此說道。「就我的經驗而言，像妳這樣聰明的人尤其如此。」

「我絲毫感覺不到有要建設的痕跡。」香凜老實地說。

「只要有空地，那麼房屋蓋起便是遲早的事。」男子說道，「假如真有一棟新蓋的房子，在那棟房子裡，妳想和情人維持什麼樣的關係？」

香凜想了想。「不被完全這種幻想糾纏，不被過去所拘束，也不去懼怕未來，只要凝視著彼此，好好感受現在，這樣的關係。」

「這是很好的理想。」男子嘴角帶著一抹微笑，如此說道。「但妳的情人既執著於完全，身負著沉重的過去，又看不到未來，因而感到不安。在這種情況下，如果說有什麼事物是妳能改變的，以及不能改變的，妳覺得那會是什麼？」

不知道，完全找不到答案。

香凜感到自己彷彿被獨自一人丟進了初識楊欣時的那個幽深冰穴，周遭一片黑暗，伸手不見五指，身邊也沒帶手電筒一類，連哪裡有岩石、哪裡有洞穴、哪裡有冰塊都看不清，有時頭上會不小心撞到低垂的洞頂，有時腳下又會絆到崎嶇起伏的地面。空氣寒冷，痛膚刺骨，彷彿還可聽到冷風颼颼吹過的聲音。

香凜不知道出口在哪裡，更不知道要前往何處，才能尋得一絲光芒。

但香凜卻直覺地覺得，與男子的談話可以到此為止了。即使依舊弄不清楚前進的方向，只要知道自己現在正身處在如同幽深縱穴一般的地方，那就夠了。

這是座屬於自己的縱穴，在這縱穴裡，男子是無法成為指路人的，自己必須獨自前行。縱穴總有入口和出口，地面上還有蓊鬱蒼翠的樹海，以及燦爛灑落的陽光。

即使周遭一片黑暗，只要笨拙地扶著牆壁尋找道路，總有一天能抵達出口。

或許楊欣便在出口處等著自己，也或許她正孤獨地蹲坐在黑暗裡的某個角落，低聲啜泣等待香凜前去找尋。

向男子道謝離開時，已接近末班車時刻，香凜再次走入洶湧人潮之中，仰望著璀璨霓虹，走向新宿站的方向。

一邊走，香凜一邊取出手機，撥給時間比自己慢了一個小時的楊欣。

撥號聲響了一陣之後，楊欣令人懷念的嗓音終於從手機裡傳來。

「喂？」楊欣的聲音怯生生地說道，「是香凜嗎？」

楊欣嗓音裡透露著工作一整天之後的疲乏，還帶著些許緊張。聲音都已如此疲倦還願意接電話，這讓香凜感到一陣由衷的歡喜。

五劫

當不成女人！偽娘臥軌身亡　驗屍發現「多一根」

十月十四日晚間九點，有民眾通報新北市郊區有女子臥軌自殺，警方趕到現場時女子已因出血過多身亡。然而警方驗屍時，竟然發現死者身上「多一根」！原來是男扮女裝的「偽娘」。根據記者採訪了解，死者自殺時身穿紫色小洋裝，化著全妝，頭戴烏黑假髮，看起來簡直「比女人還女人」。警方調查自殺動機，發現死者生前有變性傾向，合理懷疑是因為「當不成女人」才想不開。記者採訪死者家屬發現……

走出夜店「Lounge Twilight」，蔡曉虹仰望冬季寒空，深深吸了一口氣，讓外面冰冷的空氣充滿肺部的每個細胞。

「Lounge Twilight」裡正舉辦著名叫「Lilith」的夜店活動。「Lilith」原本是只接女客的拉子酒吧，近年也開放男客，改為 mix bar，但仍會每月一次租下 Lounge Twilight 舉辦夜店活動，這活動就限女了。活動會場內人潮洶湧如客滿的電車，充滿魅惑眩目的光線，彩燈球輝煌絢爛，七彩燈光在牆壁、天花板，以及年輕女孩們的臉上身體上反覆流轉，女孩們也隨著熱鬧震耳的夜店舞曲，或搖擺身體，或雀躍跳動，或將鈔票銜在口中、遞給穿著清涼的跳舞女郎作小費，或兩兩成雙，躲在會場角落無聲地接吻。許是氧氣濃度較低的緣故，喝了兩杯長島冰茶後，曉虹便感到一陣暈眩，這才暫時離開會場，到外面呼吸新鮮空氣。當寫有「LOUNGE TWILIGHT」的霓虹店招映入眼簾的一剎那，微醺的意識之中，那篇報導葉若虹之死的網路文章又浮現在記憶的表層。

曉虹猛搖了幾次頭，企圖擺脫那股正逐漸從記憶水底深處攀爬而上的恐懼。不論經過了多長時間，甚至是重獲新生之後，恐懼的記憶依舊不斷糾纏著曉虹。曉虹並不渴求完全的忘卻，但現在的她仍然太過脆弱，無法正面面對那股記憶。

寬僅兩公尺的小巷兩側，雜居大樓對峙聳立，電線紛亂錯雜，將深夜兩點的晦暗夜空切割得零零碎碎。一群白人醉客群聚喧囂，一旁有個亞裔女子頹坐地面、獨自啜泣，不遠處還有男子就在大馬路上一躺，突出著肚腹邋遢地沉睡著。各處店家丟出的垃圾袋堆得老高，狀似金字塔，其間還雜亂無章地扔著各式酒瓶酒罐。

第一次看到這樣的二丁目景象，是得知若虹死訊的那天。那時蔡曉虹在戶籍上仍叫作陳承志，她討厭那個陽剛的名字，留學日本其間便從母親姓氏「蔡」的日文發音Sai取音，替自己取了個日文暱稱「冴(Sae)」。當她看到那則下流當有趣的網路報導文章時，還來不及感到憤怒，便已陷入一陣呆愣，坐在電腦前茫然自失了好一會兒。半晌，冴才轉念一想，覺得這樣的結果其實沒什麼好驚訝的，一思及此，她遂又被一股深沉的絕望與憂傷所攫抓。這完全是場可預見的死亡。泐的腦中閃過最後一次見到若虹時，她那疲弱憔悴的神情。若虹屈服於家人壓力之下，將長髮理為平頭，臉上也沒化妝，看起來哪還像個冶豔欲滴的少女，怎麼看都是個外表粗獷的男子。泐也深知，要她以如此不堪的外貌見人，那便是比死了都還要痛苦。

若虹趴在泐的胸上低聲啜泣，泐則溫柔地擁抱著她。即使不再有鬈曲的長髮、沒上粉底也沒塗睫毛膏，若虹果然還是個女孩，長期服用女性荷爾蒙的她已然肌膚光滑，皮下脂肪充裕，胸部也已微微發育。若虹荷爾蒙服用得早，青春期變聲不完全，嗓音依舊狀似女聲，更重要的是：填充肉體這副空虛容器的若虹的靈魂，毫無疑問地是個女孩，泐比任何人都明白這一點。然而做為女孩的若虹不被家人，也不被世界所歡迎，父母只期望她做一個能繼承家業的獨生子，因此將女性的若虹視為可憎的存在，數度對她罵言相向、拋擲詛咒般的話語。

「我們一起死了好不好？要我用這種樣子活下去，死了還比較快活。」

璀璨奪目的霓虹光輝映照在夜晚的淡水河河面，河畔，若虹摟住泐的身體，凝噎著喃喃低語。她的嗓音帶淚，依舊甜美嬌嫩，那嗓音卻是不論冴如何渴望，今生卻再也無法獲得的事物。

冴無語沉默，沒有回應若虹那哀切的懇求。冴不是怕死，而是不甘心還沒成為女子便要死去。冴那時已確定能前往日本留學，那時她作女裝打扮、開始服用荷爾蒙已一年有餘，外觀也逐漸女性化，對當時的冴而言，到沒有人認識自己的日本留學，正是測試自己 pass 程度的大好機會。與從青春期便開始服用女性荷爾蒙的若虹不同，冴直到快二十歲了，才發現自己其實是女生，而開始性別轉換的流程。對身高較高、肩寬又寬的冴而言，性別轉換不是件容易的事，即使已過了一年多，冴的外觀仍在男性與女性的界線之間微妙而不穩定地徘徊來去。

前往日本一個多月後，一個西風逐漸轉涼的十月天，冴得知了若虹自殺之事。冴也考慮過要追隨若虹的腳步，但她將那則報導一讀再讀，一股強烈的怒意遂從身體深處湧出，不斷劇烈沸騰。若說死後還得被以這種文章鞭屍，死了還得被扭曲真實的存在，而不被允許以自己所期望的姿態死去，那就算強撐硬撐也罷，自己也得活下去，算是對這荒謬世界進行的小小報復。

比冴小上兩歲的若虹，對冴而言，是妹妹，是前輩，是教師，也是情人。

初次與若虹相遇，是大二參加同志遊行時的事。冴雖在網路上得知臺灣也有跨性別團體，但為了保護團體成員的隱私，聚會的時間地點總是隱密的，因此想和他們接觸，各個團體齊聚一堂的同志遊行便是最好的時機。

認識跨性別一詞，是冴離開高雄老家、進到臺北就讀大學之後的事。在認識這個詞彙以前，冴並未懷疑過自己的性別。性別有男有女，男性有睪丸陰莖和陰囊，女性有卵巢陰脣和陰道，男性染色體為XY而女性為XX，男性與女性會相愛相求而相結合，是男是女一看外表便能判斷，身分證上也寫得清清楚楚——在冴的成長過程中，這些常識被根深柢固地印刻在她的腦中，她因而從未起過質疑性別定義的念頭。冴有睪丸、陰莖與陰囊，染色體沒親眼見過，但身分證上確實寫著男性，並且冴也受到女性吸引。毫無疑問，自己理所當然是個普通的異性戀男性——有好長一段時間，冴都如此相信著，而周遭也從未有人對此提出過質疑。世界上有一種人，是徬徨於性別分界之際，抑或是力圖跨越的，這樣的事實從來就不在冴的想像範疇之內，更何況自己有可能就是這種人，這件事冴更是連想都沒想過。

正因如此，當冴得知跨性別、性別認同障礙（GID）、LGBT等詞彙時，便彷彿是有一扇門扉驀地在眼前敞開，通往門後一個自己從未注意過的全新世界。跨性別這詞為冴的存在樣態命名，ＧＩＤ賦予其正當性，而LGBT則給予其一個定位，這些都為冴提供了前所未有的安心感——冴終於知道自己究竟是什麼了，這件事帶給了冴極大的勇氣。

回想起過往的人生，冴便發現這事其實早就有跡可循。打從小學開始，冴就覺得大人規定自己穿的制服短褲緊得難受，反而嚮往女同學身上的水手服與百褶裙的美麗剪影。青春期，周遭男同學似乎很多人都期待能早點開始刮鬍子，但冴卻怕極了鬍子這東西長在自己身上。高中時期，同班的男同學總愛拿性器大小開玩笑，成天掛在嘴上，要不就是流行阿魯巴這類野蠻遊戲，冴對這一切都沒有興趣，甚且感到厭煩。游泳課，冴討厭極了得裸露上半身的感覺，因而總會尋找各種理由試圖逃避。

當然，冴也是有性慾的，偶爾也會躲在自己房內偷偷處理性慾，但每回結束後，冴總會陷入劇烈的自我厭惡之中，不斷清洗自己的雙手，那從自己體內噴出的白濁黏液，光聞味道便渾身作嘔。冴絲毫無法想像自己將性器插入女孩子身體裡的樣子。冴也交過女友，兩人也曾共衾睡過，但即便同床而寢，冴至多脫去上半身衣物，絕不願在情人面前裸露下半身。感受到睡在身旁的情人體溫，冴的身體也會有生理反應，性器充血膨脹，但冴絕不願讓情人撫觸該處；情人伸過手來想要撫摸，冴便委婉地推開那隻手。冴也克制自己不要碰觸情人性器，其實冴心中是想撫摸對方的，但又覺得若自己碰了對方，便不再有理由拒絕對方的碰觸，只得克制自身欲望，忍耐下來。

即使如此，冴並未想過自己與他人有所不同，她只覺得，或許是因為自己還沒長大成人的緣故，等到以後長大成人了，自然會與其他男人相同，接納身為男性的自身。但就這一點上，冴卻徹底地想錯了。打從一開始，冴便不是男性。

「忘記在哪裡讀過的，說我們總要經歷五種劫難。」若虹曾如此說過。

在同志遊行與跨性別團體接觸過後，冴便以「小蔡」這個暱稱報名參與了下次聚會。聚會並沒有什麼特別目的，不過讓成員互相交換資訊、共享並分擔生活上的煩惱，或是漫無邊際地談天閒聊。大家最常聊的，便是精神科諮商、荷爾蒙補充療法（HRT）以及性別重置手術（SRS）等醫療相關話題，其次是化妝技術與服裝穿搭，在家庭、職場、學校裡的人際關係煩惱也時常會被拿出來討論。

團體裡，大家會根據彼此的性別認同，互稱「姊妹」或「兄弟」。「姊妹」與「兄弟」裡有著各式各樣的人，有社會運動家、學者、大學生與研究生、ＩＴ企業工程師或銀行行員等，但最多的卻還是因精神疾病而待在家中療養的無業者，或是勉強靠打零工維生、賴以餬口的打工族。年齡層也極為廣泛，從十多歲的學生，到五十多歲、已經娶妻生子的人都有。那種十幾歲便有所自覺的還算是幸運的，若活到了五十多歲才終於有勇氣面對自身的性別不適感，不論對自己或對家人而言，都會是場小小的悲劇。成員的外觀也是千差萬別，如若虹這般身軀嬌小的人，性別轉換的道途自然平坦得多，但也有那種肌肉結實、身高超過一百八的人。臉部輪廓有時還能靠化妝修飾，但骨骼與身高卻怎麼也遮掩不了。這是一個努力程度的總和不見得能獲得相應成果的殘酷世界。

「五種劫難？」冴問道。

聚會之後，冴和若虹一同到淡水出遊。若虹一頭燙捲的長髮，鬈曲得恰到好處，臉上化了全妝，睫毛膏也塗得飽滿，身穿女用白T和及膝牛仔短裙，腰上繫了一條褐色細腰帶，腳上踩著一雙五公分鞋跟的咖啡色綁帶涼鞋，除去化妝較濃這點之外，她那大方而不過度矯飾的穿搭，無論看在誰眼中，都是個極為普通的高中女孩。事實上，若虹也才不過十七歲。另一方面，才剛進入跨性別圈的冴還未開始做女裝打扮，既沒化妝，頭髮也短，身上穿的T恤牛仔褲乃至腳上的白色運動鞋，都是男用衣物。與若虹並肩行走，冴便深深地感到自己外觀實在其貌不揚，因而自慚形穢。

「是金、土、水、火、木，這五行的劫難。」若虹說，「出生便是金行劫難，大家都說金童玉女對吧？女子是玉，男子是金，世間總認為金優於玉，但對我們而言，那金便只是重重枷鎖，是苦難的根源。

「青春期便是土行劫難，是賈寶玉說過的吧？說『女兒是水作的骨肉，男人是泥作的骨肉』，實在太有道理了，青春期體內分泌的大量男性荷爾蒙便如土濁泥流，將我們從身體內部全給掩埋了。」

「我就算了，我倒覺得若虹妳沒被掩埋多少啊。」冴插嘴說道。若虹自覺得早，國中時期便注意到自己真正的性別，上高中後就開始偷買女性荷爾蒙藥錠自行服用。

「因為我用水洗洗得早囉。這就是第三重水行劫難，要用女性荷爾蒙洗去體內的男性荷爾蒙。」

若虹靠在河畔欄杆上，呆呆望著被夕照染紅的淡水河面，如此說道。

「那算劫難嗎？」

「小蔡妳還沒開始用藥，所以不知道，用了藥之後胸部會開始膨脹，乳腺會有硬塊，碰到就很痛。另外還有很多副作用，像是精神狀況可能會不穩定、會想嘔吐，還可能會引發血栓、乳癌等等。」若虹回過頭，朝著冴嫣然一笑，聽她的語氣彷彿不是在述說自己身上的事，而是在討論親戚家裡養的狗最近生的病那般輕鬆，聽得冴卻是一震膽寒。

「那火行劫難，就是手術了？」冴舉一反三地問道。

「對，要浴火而後重生，就像鳳凰那般。若無法重生，就只能在麻醉劑帶來的黑暗之中，迎接結局。」

若虹再次將視線拋向河面，望著那燒得火紅的夕陽。

「那木行劫難是？」

「就算動手術了，戶籍和身分證上的性別也改了，我們也成不了真正的女人。」若虹望著河面，語氣中帶著些許落寞。「我們沒有卵巢、子宮和月經，女性荷爾蒙得終生服用、至死方休，更別提懷孕了，當然也是非分之想。妳不覺得這就像是不具肉體的木頭塑像？」

冴沒答話，只是與若虹一樣，望著河面默默地發著呆。若虹也沒期待冴回答，兩人沉默無語。鄰近的淡水老街上，人潮洶湧的觀光客正在享受各色美食，傳來陣陣喧囂嘈雜，在這個所謂正常鋪天蓋地襲來的世界裡的小小角落，兩人並肩而立，不斷編織著沉默。

若虹所說的這些，對冴而言其實並非什麼新資訊。對主修資訊工程的冴而言，查找各種資訊的手段早就了然於胸，只要認識跨性別這樣一個詞做為入門，之後的相關資訊，要自己搜尋便再容易不過。性別轉換的漫長道途以及風險，還有其宿命般的不完全性，做為必備知識，冴早對這些資訊有所了解；冴並且認為，自己已坦然接受這些現實。然而聽了若虹的比喻，冴不得不再次深深地痛感自身生命的荒謬性。世上絕大多數的人們根本無需經歷這些考驗，而冴與若虹縱使拚上性命、努力克服嚴酷考驗後所能抵達的目的地，對那些人而言根本不過是起點罷了。對於如無妄之災般降臨自身的那五種考驗，冴不禁深感憎惡、哀嘆，對於那些根本無須接受這種考驗、天生便生為女身之人，又感到無盡的羨慕與妒恨。

從那天之後，冴便對若虹產生了情愫，那是一種她從未經歷過的，近乎瘋狂的激烈情愛，在冴的心底扎了根、發了芽，日益茁壯而終至枝繁葉茂。若虹也回應了冴的情感，兩人在公車裡、捷運上、大路旁、公園長椅上、夕照染紅的河畔，絲毫不顧他人眼光，牽手、相擁、接吻。若虹住在家裡，汐便數度帶她回自己居住的大學宿舍留宿，宿舍是四人房，當然是男宿，兩人也不管室友在或不在，就並列躺在狹窄的木製單人床上，撫摸著彼此的身體（但兩人極有默契地僅撫摸上半身，而絕不碰觸下半身）。一想到今後即將面對的種種災劫，汐便覺這世上再沒什麼值得恐懼。

在若虹的指導之下，汐也逐漸走上女性化的道路。若虹從小身邊就有許多女性友人，化妝技術早已駕輕就熟，常常會幫汐化妝，兩人也一起出門逛街、挑選女裝。在那之前，汐對所謂流行時尚絲毫並不留心，因此有了不少新發現。女裝不論顏色種類都比男裝要多上許多，看得汐眼花撩亂。汐到那時才知道原來女用襯衫與男用襯衫的釦子方向不同，假兩件式連身裙這東西的存在也讓汐大開眼界。汐費了好一番勁，才記下胸罩罩杯的測量方法，也好不容易才找到自己穿得下的女鞋。

女性化真是個徹頭徹尾的大工程，從頭頂髮絲到腳尖趾甲，無處不需細細留心。在頭髮長長之前，汐只好先戴起假髮，那長得蜈蚣般的粗獷眉毛也得細細整修。暗沉的皮膚要用心美白，胸罩罩杯裡塞進絲襪墊起假胸部，再穿個耳洞、塗指甲油。冴並非鬍鬚濃密的那種，但腿毛逕自不少，不管怎麼剃都很快便又再次長出，她又沒錢去做雷射除毛，只好購買電動拔毛機，咬緊牙關忍著疼痛進行處理。每次處理過後，腿毛的殘骸便散落一地，宛如一隻隻黑蟲死屍，小腿上也長出了一顆一顆的紅點，毛孔發癢難耐，但付出了如此犧牲，冴便能獲得約兩週左右的光滑小腿，能放心地穿上裙子。某個存在主義哲學家說過，人並非生而為女人，而是成為女人，在冴看來，要成為女人可真是一件難如登天的事。

「現在會辛苦一點，開始服用荷爾蒙之後會比較輕鬆。」若虹如此安慰道。

若虹介紹冴到一所大學附設醫院的精神科門診，開始了漫長的性別認同障礙評估過程。她按照醫師指示，自費做了智力檢測、心理檢測與染色體檢驗。冴並不覺得自己生了什麼病，但想用荷爾蒙就得接受性別認同障礙的診斷，而想要獲得診斷就必須接受評估，在這樣的制度面前，冴毫無選擇餘地。

開始性別轉換過程之後，冴才深深了解到，這個世界的建構有多麼仰賴男女性別二元論的前提。廁所、宿舍、淋浴間、更衣室全都以男女進行區隔，身分證、健保卡、學生證、出席簿上面也都有性別欄，不管是在何種證件上，沏都被區分為男性。入學、打工、開戶頭、買手機，社會裡種種手續都必須用到身分證字號，而就連那身分證字號的編碼方式也是男女各異。然後還有兵役問題：要和那些男人一起裸著上身做身體檢查，進入軍隊接受一年軍事訓練，這對沏而言是再殘酷不過的煉獄。沏心想，若不在大學畢業、收到兵單前更改性別，自己肯定會在軍隊裡發狂，或者死去。社會系統就像一張大網，總是恢恢罩在沏的頭頂，令沏總也無所遁逃，證件性別往往在違背自己意志的情況下遭到洩漏。

不久，沏便被趕出大學宿舍，得付五倍房租自行在校外租屋，外出時也不敢再使用公共廁所；選舉會被要求出示身分證，沏也不敢去了，不管進行任何手續，沏都得戰戰兢兢。滿二十歲生日那天，沏回到家中，對父母出了櫃。

「我可不記得我有把你教成這副德行。」

聽了冴的話，父親激怒大吼，母親則是不斷哭泣。

「這不是怎麼教的問題，這是天生的，是一種病！」冴如此說道，語氣哀切。冴可不覺得自己生了什麼病，但若說成疾病能讓父母理解，那就當作疾病又有何妨，就算被可憐也沒關係，只要能獲得些許支援，獲得活下去所需的資源，冴才不管旁人如何看待自己。但父親卻絲毫不願諒解。好端端的兒子要跑去做女人，對退伍軍人的父親而言，這簡直是了不得的家醜。

「翅膀長硬了，父母的話都不聽了？那你就滾出去，想扮女人自己在臺北扮得開心就好，再也別回來了。」

父親把冴趕出家門，從此也不再匯生活費。

還是母親背著父親偷偷匯錢給冴，冴才能繼續完成大學學業。即使如此，服裝、化妝品、醫療費，這些龐大支出光憑母親匯的那一點錢根本不夠，冴只得自行找打工。幸好冴的成績不錯，還能勝任時薪較高的家教工作，但在身分證和履歷表上的性別欄都是男性的情況下，穿女裝打扮根本不可能被錄用，迫不得已，只好在有工作的日子做男裝打扮，其他日子做女裝打扮，伢便這樣在男女之間的狹小縫隙中試圖求生，忍受著這種看不見出口的雙重生活。怪不得有那麼多跨性別者患有心理疾病，原本沒病的也會被這社會逼出病來。

伢常常被噩夢魘住，在那些夢中，伢孤身一人走在廣袤無邊的荒野之上，那是一切事物盡皆失落崩毀後的永夜荒原，無星無月，沒有夢想也沒有希望，大概也沒有日夜遞嬗、時間流轉，空中飄浮著的，只有無數的黝暗顆粒。那些顆粒是有名字的：孤獨、恐懼、不安、憤怒、悲哀、憎惡、厭世、苦痛、自我憐憫、自我厭惡、自殺願望……那些顆粒包圍著伢，伢意欲出聲驚呼，口裡卻發不了聲。那片漆黑的天空猛地砸了下來，伢便在渾身冷汗之中驚醒。

醒來之後，伢依舊得面對無法改變的自身以及無法改變的社會，對一切事物都感到鬱鬱寡歡。伢盡可能地關閉自己的心扉，將來自外界的刺激盡皆隔絕，那些走在路上時拋向自己的好奇眼光，系上紛飛亂舞的各種中傷與嘲諷言詞，出示身分證時每每引來的暴力質疑，全都阻斷於心扉之外。日常生活不過是例行勞動，是為了生存下去所必需的例行公事，無須過度用心以至於受到外界影響而精神狂亂，只須機械式地迎來一天，又送走一天即可。冴在心中豢養著那些壓抑心底的悲痛與絕望，將它們化為柴薪，燃起憤怒的烈火。冴選修社會學，開始參加社會運動，將胸臆裡鬱積的憤恨怒火，在社會運動的場子大肆解放，盡皆發洩到抗議對象上。這便是冴唯一得以保全自身精神的方式。

若虹是冴唯一的心靈支柱。多虧了若虹指導，冴逐漸習得化妝技術，服裝穿搭也漸漸像了樣。雖是自費，精神科門診也願意開荷爾蒙藥劑給她了。抗雄激素錠、結合型雌激素錠、黃體素錠。藥劑要價頗高，使得經濟負擔更為沉重，即使如此，冴依舊打從心裡感到開心。

不知是荷爾蒙藥劑的影響，抑或是對若虹情愛太過激烈的緣故，又或者兩者都是原因，冴常陷入情緒不穩定的狀態，時常毫無理由感到心中煩躁，或是突如其來地悲傷流淚。

同一時期，若虹也身懷著巨大難題。若虹家裡是位於大稻埕的一間老字號中醫診所，家人期待做為獨生子的若虹能夠接下家業。若虹家中極為古老傳統，家業傳子不傳女，若是若虹成了女人，不僅家業無人繼承，葉家香火更可能因此絕後，對此若虹父親絕不允許。在此之前，父親還以為若虹只是一時糊塗想不明白，對她男扮女裝的行徑睜一隻眼閉一隻眼；但等若虹升上高三，得決定今後出路之時，父親便開始對若虹強烈施壓，數次勒令她剪去長髮、穿回男裝，大學必須讀中醫系。因此，若虹情緒起伏也變得劇烈異常，與情緒不穩定的冴時有衝突，兩人有時會激烈爭吵，有時會互扔東西，也有時會溫柔安慰彼此，會將彼此緊緊擁入懷中，彷彿要融而為一。但不論如何熱烈相擁，兩人也無法真正合而為一。

與若虹一起躺在床上時，冴偶爾會思考，世上的情人是否都會透過性行為，來確認、維持彼此的關係？兩人因相愛而相求，希冀與對方結合為一時，性便滿足了這種慾求。不論男女、男男，或女女，做為戀愛的發展型態，基於性的結合都極自然地存在著，同時那也成為彼此情感與關係的潤滑劑。冴雖也與若虹熱烈相求，但那從誕生之時便無可避免地強加於身的肉體，卻使兩人打從心底深處，對「性」抱持著本能的厭惡感。兩人之間這種不存在性方面手段的關係，或許便是極為脆弱而無助，同時也是最純粹而柏拉圖式的。

在那些走投無路、四面楚歌的日子裡，唯一的喜訊是冴獲得了日本留學的機會。不論再怎麼被世界所疏離、被推落至絕望的深淵，冴依舊努力維持大學校內的成績，因為她深深明白，像自己這樣的異端者，若不在特定領域表現優異，便根本沒有活下去的手段。冴的努力奏了效，她順利通過校內甄選，也考上了留學獎學金。聽了冴的喜訊後，若虹先是綻開了臉，露出喜悅的笑容，下一瞬間卻又抱著冴大哭起來。

出發留學的兩週之前，一個熱氣蒸騰的夏日午後，冴與若虹約好了一同外出。在約定的地點看到理了平頭的若虹時，冴陷入一陣愕然，不知該對她說些什麼。若虹也相對無語，只是對著冴露出了一絲虛弱的微笑。兩人一邊忍受著萬分濃重的沉默，一邊搭上捷運，前往淡水站，途中兩人都一語不發。捷運經過某個車站後便從地下駛到地面上的高架軌道，溼潤的陽光浸染著車廂內部。搭到了終點淡水站，所有乘客都下了車，兩人依舊靜坐在原處，誰也不願率先站起身。不久，車廂又向反方向滑行而出，一路往南。兩人就這樣茫然望著車廂由北而南，再由南而北，往往復復了數回，望著車窗外的景色數度被地底的黑暗吞沒，重又復甦。數不清是第幾次到達淡水站，兩人終於不約而同地站起了身，下了捷運。

到達淡水河時，夜幕已然低垂，空中無星無月，厚重雲層在天空低處團團堆積，淡水河河面就如屍體滲出的腐水那般淤塞濁黑，緩慢朝海的方向流去。河的對岸，各色霓虹映照水面，其後為數處公墓環繞的觀音山剪影聳峙矗立，一片漆黑。

「我們一起死了好不好？」

若虹靠在冴的胸前，語帶淒婉，哀切地懇求道。「要我用這種樣子活下去，死了還比較快活。」

冴只能緊緊抱著若虹，無言以對。飽含溼氣的夜風夾帶著絲絲霉味與潮水味，不久，厚重雲層後方驚光一掠，跟著便是遠雷轟隆。

「想死隨時都可以死，我們再試著多活一陣子好不好？」

冴一邊說，一邊感到自己的話語真是平庸得可恥。說什麼「再試著多活一陣子」，聽起來是在安慰若虹，其實就只是自己還有所眷戀、不想死罷了。

若虹只是輕輕搖了搖頭，沒再多說什麼。兩人那天一別，彼此便沒再聯絡，兩週之後冴便前往了日本。

得知若虹死訊的那天晚上，冴被鋪天蓋地的失落感鞭撻得幾近崩潰，絕望無處發洩，為了尋求酒精麻醉，孤身前往新宿二丁目。在Lounge Twilight店門口，冴看到一群人排得長長的正在等待入店，一旁牆上貼著海報，是Lilith的夜店活動。那正是此刻的冴所需要的，震耳欲聾的音樂以及麻醉思緒的酒精，那是讓自己短暫脫離自身，最有效率的方法。

入口旁站著一個守門的工作人員，身材短小，頭上髮型頗似刺蝟，是個男生樣的女生。她看了冴一眼，便露出狐疑的神色，朝冴臉上細細打量，接著粗聲粗氣地說了一句：「身分證件麻煩一下。」

冴沉默地遞出外國人登錄證，工作人員望著證件瞧了好一會，終於找到她要找的註記之後，便露出「我就說嘛」的表情，對冴說道：

「我們活動限女喔。」

冴感到那工作人員的刺蝟頭，根根尖刺倒豎了起來。

「我也是女人。」冴以不甚熟稔的日語回應道。

「這裡明明寫著男性。」刺蝟朝冴射出一根最粗、也最銳利的語言尖刺，接著便將冴從頭到腳上上下下來回打量了數次，臉上露出輕蔑的笑容。

冴被那句話徹底擊倒，再也無法做出回應，只覺背後有無數銳利的視線，扎得自己直發疼。那些排在自己身後的人，想必此刻全都在盯著自己看。冴感到自己彷彿是在眾目環視之下被迫袒身露體那般，一股巨大的恥辱感逐漸滲入身體深處，使她無地自容。

對這裡而言，自己是必須遭到排除的異物——說到底，究竟我是什麼，根本無法由我自身的努力或意志來決定，而必須任由那張輕薄的小卡片所規定。

離開 Lounge Twilight，冴在霓虹燈火交織而成的密林之中漫無目的地徘徊，朦朧的視野裡，許多交揉錯雜的噪音不斷擊打著自己的鼓膜，醉客的喧囂聲、發酒瘋的叫喚聲、計程車的引擎聲、情緒高昂的夜店舞曲，冴感到那一切噪響都如鞭箠，不斷笞打著自己，耳裡彷彿還聽得到鮮血滴滴答答滴落的聲音，但冴已連感受疼痛的能力都已喪失。果然還是應該追隨她而去、追隨若虹而去的。其實不只是若虹，性別轉換這行為便猶如踩著薄冰要渡到對岸，在這過程裡究竟有多少前人是不幸殞命、罹患心理疾病，或是身陷貧困之苦的？打從鴻蒙開闢的太古之初，那條名為性別的堅韌界線便已在人群之中劃定，將人類嚴格地分為兩半，想要挑戰那條界線，天知道究竟得付出多少犧牲？到底自己憑什麼認為，自己有辦法安然無恙地跨過界線、渡到彼岸？

冴已弄不清楚方向，那些閃著絢爛彩光的招牌，以及夜裡幽然浮現的街燈，在冴眼裡看來全都失去了色調，刷成一片灰階。冴在路邊頹然而坐，將身體毫無防備地交給了異國的暗夜。任誰都好，快來把我打死、刺死、撞死，或者乾脆讓我融化在這片黑暗裡，永遠消逝，這具只會折磨我的軀體我已無可眷戀。冴重複著嘔吐，吐出晚餐、吐出午餐，再吐出胃酸，嘔吐物的酸臭味混著淚水的鹹味刺激著身體，又使嘔吐更為劇烈。那件自己頗為喜愛的酒紅色裙子，以及縫有蕾絲的白色上衣和粉色開襟衫，全都為嘔吐物所髒汙。這些都不是什麼昂貴衣物，卻是若虹在五分埔替冴挑選的。冴感到自己全身正無可抑止地顫抖著。肉體凡胎這東西實在麻煩得緊，難纏又脆弱，平時沒事就來個大病小痛，但真正想死時卻偏偏無法如願，無法輕易死去、毀壞、消滅。

冴不知道過了多久，只知道末班車早就過了。而亞洲最大的同志區依舊燈火通明、喧囂雜沓，歡騰熱鬧著後半夜。

「噯，怎麼喝成這副德行。」

頭頂上方傳來一陣女人的嗓音，那是略帶皺紋的那種嗓音，平靜而穩重，語氣裡帶著些許吃驚，卻又讓人感到一股溫暖。

酒我一滴也沒喝。冴如此心想，卻沒力氣說話，也懶得做出反應，只靜靜等待對方離去。

那女人也沒再說什麼，站了一會兒後便離開了，鞋跟敲著柏油路面，發出陣陣喀嗤喀嗤響，聲響漸漸遠離，消融在四周的喧囂之中。冴鬆了口氣，卻又在心底感到些許失落。

然而半晌之後，同樣的腳步聲又走了回來，在冴的身邊停了下來。透過紊亂的髮絲間隙，淚水暈溼的視野捕捉到一雙細瘦的腳，踩在一雙三公分鞋跟的藍色皮革包鞋中，腳背膚質具有一種透明感，幾乎可以看見皮膚下的血管。那雙腳背略帶傾斜角度連接至腳踝，自踝而上便隱在了長裙裙襬中，腳踝側面凸起處小巧可愛。

女人整了整長裙裙襬，無語地蹲在冴的身前，手持毛巾擦拭著冴衣服上的嘔吐物。冴略感驚訝，卻也無力移動身子，也無力出聲，只能任由女人擦拭。女人以單手撈起冴的長髮，另一隻手則拿著毛巾溫柔拂拭。原來連頭髮上也沾著嘔吐物。

略拭乾淨之後，女人輕輕撫摸著冴的白色上衣，語帶嘆息地說：「這大概會留下汙漬。」女人手背上爬著幾道皺紋，手指纖長美麗，塗著藍色指甲油，冷然反射著光線。「妳是失戀了嗎？女友跟男人跑了？」

冴只搖了搖頭，卻無力言語。

「站得起來嗎？到我店裡稍微休息一下吧，店開到早上。」

女人也不介意冴身上仍沾著些許髒汙，將手臂插入冴的腋下，支撐著她的體重，讓她站了起來。「妳比我想像的還高耶。」女人語中帶笑。

女人經營的店是一家浸在深藍光芒中的小酒吧，吧檯邊共有七個座位，排成L字型，目前店裡無客，空空蕩蕩。女人讓冴在最裡邊的座位上坐下後，便走進吧檯內，在洗手臺邊洗起了毛巾。接著女人拿出玻璃杯，裝了冰塊和冷水，放在冴的面前。

「快喝點水，醒醒酒。」女人說道。

冴把玻璃杯拿在手上，湊到嘴邊喝了一口，冰水從口中滑落喉頭，又沿著食道流入胃裡，冴感受著那股冰涼觸感深入體內，便覺漸漸冷靜了下來。想起自己前一刻不堪的模樣，又看到嘔吐物在衣服上留下的汙漬，不禁感到無地自容。

「我沒喝酒。」冴說道，又喝了一口冰水。

「這樣說起來，的確是沒有酒臭味。」女人輕輕點了點頭說道。「那妳怎麼吐成那樣？」

冴一陣結舌，不知如何解釋，一部分原因是因為日語程度尚不到位，然而就算沒有語言問題，冴也不知道這件事該從何說明起。一陣沉默之後，冴換了個話題。

「這裡是什麼店？」冴問道。

「女同志酒吧，叫『Polaris』，開了八年了。」女人說道，「我是店長，叫夏子。」

冴轉頭看了看周遭，這才注意到那深海般的蔚藍照明並非電燈，而是以黑光燈打在螢光塗料上發出的光線。木質吧檯上擺著數種店家的名片，飲料櫃裡則有著各色各樣的利口酒及寄存酒瓶，還有各種形狀的玻璃酒杯，排得密密麻麻，牆上貼著數張女同志活動海報，其中還有一張是自己前一刻才剛吃了閉門羹的 Lilith 的海報，主視覺是兩個強調胸部與腰部曲線的女性插圖，兩個女人正在接吻，海報一角大大印著「WOMEN ONLY PARTY」字樣。

「我進來店裡沒問題嗎？」冴如此問道。

「我這間店只要是女性，不管是外國人還是什麼人都歡迎。」夏子說道，「妳哪裡來的？」

「臺灣。」冴一邊回答，一邊在心底搖了搖頭說，她誤會我的意思了。「我是跨性別者。」

聽了冴的出櫃，夏子並未露出驚訝的表情。冴感到一陣落寞，果然自己外表還是不夠女性化，以致對方一眼就看出來了。

「跨性別，也是女人吧？」夏子問道。

「我也是這樣想的。」冴說道。

「那不就沒問題了？」夏子滿面帶笑，戲劇化地張開雙手，突然說起了英文：「If you wanna give up your man rights to be a second-class citizen, then hey, welcome to our world.（如果你願意放棄男性特權來做個二等公民，那就歡迎

來到我們的世界囉。)」

「《The L Word》!」 冴也以英文驚呼出聲。夏子所說的是美國女同志影集《拉字至上》裡的臺詞,那是個罕見地有跨性別女同志登場的場景,冴曾和若虹一起看過一次,從此便印象深刻地記在腦海之中。

一想起若虹,傷口的結痂便被狠狠撕開,一股沉痛的情緒海潮般湧上心頭。冴做了幾次深呼吸,試圖使自己平靜下來,然而那些與若虹一起度過的點點滴滴,那些過往的記憶卻毫不容情地刺激著冴的淚腺。冴低下頭,顫抖著肩膀,拚命忍住眼淚。

「看來妳真的過得很辛苦。」 大概是看得於心不忍,夏子出言勸慰,「不用勉強忍耐,想哭就哭吧。」

聽了夏子的話,冴便把臉伏在吧檯上,開始低聲啜泣了起來。夏子一語不發,只是默默抽著菸,靜靜等待冴哭完。僅有兩人的狹窄店內,冴的哀切哭聲斷斷續續反射著回音。

從那之後，冴便開始每週跑一趟二丁目。在夏子的介紹之下，冴也試著到 Polaris 以外的店家光顧。冴驚訝地發現，在新宿二丁目這塊絕稱不上寬廣的土地上，居然密集存在著這麼多個性、客群皆異的多彩多姿的店家，這樣的區域在臺灣是看不到的。其中也有數家跨性別相關店家，店內客人會一邊喝酒，一邊交換扮裝、化妝技術乃至各種資訊。店內也提供由擅長化妝的店員替客人化全妝的服務，有時也會舉辦女性化講座，由 pass 度高的跨性別前輩擔任講師，教導如何走路、動作、說話才會更像女生，也傳授嗓音訓練的方法。這種店也是冴在臺灣沒看過的。

季節臨至冬季，冴確實感到自己的 pass 度提升了不少。服用荷爾蒙已差不多一年，冴的手腳都有了柔軟的皮下脂肪，胸部略微膨脹，臉部輪廓也較前柔和不少，只要好好化妝，幾乎毫無疑問會被當成是女性。雖然嗓音依舊較低，且缺乏女性嗓音那種圓滑感，但只要說話時小心留意，也已發得出女性嗓音裡較低的音域；若被別人說聲音有點怪，只要回答感冒或是喉嚨不舒服，絕大多數也能過關。冴使用女廁、搭乘女性專用車廂也不再有人會覺得不對勁，在便利商店購物，店員按客層鍵時也都按女性了。有幾次在夜晚的新宿街頭走動，還有男子前來搭訕。只要小心地避開那些必須出示身分證件的尷尬場面，冴已能過上相對普通的女性生活。

冴欣喜於自己的進步，自覺終於朝自己想前往的彼端又更近了一步。冴好想讓若虹看看現在的自己，若是看到現在的自己，那美麗的若虹肯定也免不了要刮目相看，也會為自己開心。但那已是不可能的事了。冴再也無法讓若虹看見自己的身影，再也無法向若虹學習任何技術，當然也無法與若虹攜手，共同面對水行之後的下一個劫難。

冴已不再想著跟隨若虹而去。能夠做為女性活下去，這件事帶給了冴極大的希望。冴心想，若虹所未能經歷的五種劫難，自己必須代替若虹經歷，好好活下去。

在沒有人認識自己的異國土地上，冴享受著做為女性的生活。為了交朋友以及練習日語，她參加過幾次性少數交流會，也曾和在那裡交到的朋友一同前往二丁目遊玩。二十一歲生日前一天，冴參加性少數社群中心「Cabin」

舉辦的活動，認識了一個還在就讀國三的小拉拉。那個小拉拉說她也想去見識一下二丁目，冴便帶她去 Life Café 這間沒有年齡限制、任誰都能光顧的店家。兩人各點了一個六色彩虹蛋糕，小小地慶祝了生日。

半年留學生活結束，回到臺灣後冴依舊忘不了日本，特別是二丁目的景色，總讓冴一想起便無比懷念。而那股待在日本時已然平息不少的怒氣，又沉靜地燃燒了起來。冴發現自己原諒不了這座島嶼、這個城市，它們殘忍地殺死了若虹，又嗜血地拿她的死亡來取笑。臺北那陰雨連綿的天候，也總使冴感到不耐。但冴心中的怒火已不再像從前那般熾烈燃燒，她依舊參與社會運動，但已不跑前線、當衝組，而是退身後勤，發揮資訊技術專長，為運動推波助瀾。

pass 度提高，做為女性生活已幾乎沒有問題之後，冴便不再向他人出櫃，不再以戶籍上的性別示人。對以前的冴而言，「自己其實是女生」這句宣言便等於出櫃，但漸漸地，出櫃的話語轉變成了「自己曾經是男生」。但這兩種出櫃的意義卻絕不相同：從前是為了擴展生存空間才需出櫃，但現在既已做為女性生活，出櫃的行為卻反而會限縮自己的生存空間。冴認為，自己絲毫沒必要把已然拋在後頭的過去，重又提起。

大學畢業的夏天，冴獨自一人前往泰國，接受了火行劫難。手術費用一半由母親背著父親偷偷匯給自己，另一半則由冴的存款支出，不夠的便貸款填補。躺在手術臺上，麻醉帶來的沉重黑暗不由分說便當頭罩下，當冴重又睜開眼時，覺得自己已重獲了新生。回到臺灣的隔天，冴也不管手術傷口還沒復原，便迫不及待地前往大學附設醫院，向醫師拿取診斷書證明自己已做完手術，接著又前往戶政事務所，辦了性別變更手續，兵役陰影就此擺脫。除性別外，冴也將姓名從「陳承志」改為「蔡曉虹」，她決心不再承受父親的意志，而要永遠記住若虹。姓氏由父姓改為母姓，一方面是表達對母親的感恩，另一方面也是為了訣別曾為男身的自己，自今往後而為女身，至死無悔。

手術傷口復原得比想像中慢，過了好幾個月，患部仍感疼痛。為了不使好不容易入手的陰道萎縮，冴還必須實行名為 dilation 的復健，每天早晚兩次，以棒狀的專用工具塗上醫用水溶性潤滑液，放進陰道裡固定一小時。手術傷口還沒完全癒合，復健過程裡往往會出血，也有好幾次受到細菌感染引發尿道炎。世間的人總認為性行為就是把什麼東西塞到陰道裡去，冴在心裡自嘲，假若這定義為真，那世上還能有比這更加難堪的性行為嗎？成為女身的瞬間，便已失去處女之身。

好幾個月的期間，冴都身體狀況不佳，無法長時間外出走動，更別提要到公司上班或是搞社會運動了。她開始當自由業者，在家裡一邊接案寫程式賺取生活費，一邊調養身子。那年十一月底，反同婚派舉辦大型示威遊行的當天，冴發了高燒，一整天倒在被窩裡，只能焦急煩躁地滑著臉書動態牆，追蹤遊行相關的最新資訊。

療養期間裡，新宿二丁目夜晚的光景也多次在冴的腦海浮現，使冴好懷念夏子、Polaris，以及自己常去光顧的跨性別類店家。經過這一切之後，冴依舊無法喜歡臺北這座城市，高雄老家當然也回不去了。女性身分證雖已入手，但曾改過性別的事實卻鐵一般記錄在戶政資訊裡。等身體回復了，乾脆就離開這裡，到東京去求職吧。有天冴躺在床上 dilation 時，突然如此心想。

冴更加努力地學習日語，一有空閒時間便上網查詢東京的生活與企業資訊。等身體大致痊可，冴正式開始找工作時，時間已經接近年尾。冴通過了幾家企業的履歷審核、程式考試，又以 Skype 進行面試。一月中旬，一家外商ＩＴ企業給出 offer，冴也滿心喜悅地接受了。

就在護照換發、簽證申請等程序全告一段落，只等著搭上飛機出發之時，太陽花學運爆發了。冴也和社運夥伴一起進入議場，原先預定三月中旬出發的機票便不得不延期。然而四月一日是進公司的日子，這點不能更改，因此雖然運動前景依舊不明朗，令人擔憂，但冴仍決定在三月底出發，前往日本。

向顏怡君坦承自己是跨性別者，對冴而言是一件亟需勇氣的事。將自己的過去化作言語向他人述說，這樣的過程等於是把那些自己不願回首的記憶從重重地層底下勉強挖掘出來，重新面對。但冴想知道：在經歷了費時數年的漫長性別轉換之旅、身歷五劫而終成女身的現在，那些過往的記憶是否還會疼痛？同時冴也祈願：眼前這個貌似對自己懷有情愫的名為怡君的女孩，是否會願意接納自己，包含自己的過去？之所以選擇在出發前夕出櫃，純粹是因為冴依舊膽怯，因而特意為自己留下退路，即使被拒絕了也能立刻逃跑，不用與她在這狹窄的議場裡繼續尷尬地共同生活。冴在法律上已是女性，終於能以自己希望的身分生活，這反而讓冴擔心自己會失去這些，因而比從前更加膽怯了。說到底，冴還只是個容易受傷的二十三歲女孩。

當怡君一顯露出心裡的混亂，冴便敏感地察覺了。前往東京的飛機上，怡君那拚命忍住驚訝的表情數次掠過冴的腦海，一想到今後可能每次出櫃都要看到這樣的神情，冴的心裡不禁又是一陣沉重。

一隻手搭上了 Polaris 那扇青綠色的門扉，冴心裡又猶豫了起來。店裡傳來陣陣舉盞閒聊聲，夜晚的後半正熱鬧。冴偷偷側耳傾聽，許多女孩的談笑聲裡夾雜著夏子的嗓音，一聽到那聲音，冴便彷彿看到夏子嘴角那抹柔和的微笑。不久，冴終究鼓不起勇氣踏入店內，而獨自離開了 Polaris 所在的 L 的小道。

來日本已過了四年半，冴相當適應女性生活，幾乎可說沒有任何問題。冴任職的外商上下關係不如日商嚴格，偏向實力主義，冴的工作績效頗獲青睞，每年加薪，任職第四年便升為主任，底下開始有了部下。不論是在職場或是私底下，冴都結交了許多女性友人，大家會定期舉辦女孩聚會或女子旅行，開心玩耍。

動手術時貸的款早已還清，冴現在還有餘力能定期寄錢回家。冴和父親依舊處於斷絕往來的關係，但現在和母親通電話，父親知道了也不再多說什麼。以前曾被拒絕入場的 Lilith 夜店活動，現在只要冴想去，也已經可以出入自如。手術並未留下嚴重的後遺症，雖然仍需定期服用女性荷爾蒙，所幸也沒有太嚴重的副作用。

正因如此，冴才沒有勇氣再次踏入 Polaris。包括夏子在內，冴害怕見到任何一個知曉自己過往的人，冴擔心，只要自己身邊有任何一個人知道自己的過去，流言便會如滴落水潭的墨汁那般，再也無法阻止其擴散。冴明白這很可能只是自己的自我意識過剩，畢竟和夏子都已經好幾年不見了，身為一個酒吧店主，她每晚都會見到不同的客人來來去去，很可能她根本不記得自己；就算夏子記得自己，冴也不認為夏子會是那種把他人的祕密任意流傳的人。但即使如此，冴依舊深深恐懼著，害怕自己身歷諸多災劫，好不容易才建構起來的生活，只一個弄不好便又再次面臨崩潰。

冴不得不在日常生活裡說各種謊：當女性友人談及生理期的苦惱時，說謊；當周遭談論起性行為初體驗的話題時，說謊；當大家聊到少女時期的回憶時，說謊；當在同志相關活動裡遇到那種不知為何要詢問出生時性別的問卷時，也說謊。

曾幾何時，冴已經過著一種由層層虛構堆疊而出的人生，為了守護現在的生活，冴不得不以謊言來牢固另一個謊言。從前的冴為了成為真正的自己，必須出櫃；而現在的冴為了繼續做自己，便必須說謊。若不願說謊，冴根本無法談論關於自身的任何事；而不願談論自身的人，在社會裡不論走到哪都不會為人所信任。

這就是木行劫難了，是一種至死方休的終身酷刑。冴在理性上當然明白，自己根本無需為經歷過性別轉換而感到自卑或低人一等；冴也知道，日本有不少已出櫃的跨性別議員、藝人、作家與漫畫家。但冴就是做不到坦承自己的過去。每當在網路上看到某些人自稱女性主義者，卻大肆散布各種排斥跨性別者的歧視與仇恨言論，那些在性別轉換期所經歷過的舊傷便重又疼痛了起來，全身因恐懼而顫抖不已。

只要不隨意出櫃，自己在周遭人眼中就是個**正常的女生**，冴也非常享受這樣的狀態；因此冴很害怕，若是坦承過去，自己便很可能不再被視為是個**正常的女生**。

冴也害怕談戀愛。雖然女性之間的戀愛本就不以生殖為目的，因此冴絲毫無須為自己不具生殖能力而感到自卑，但一股根深柢固的恐懼依舊糾纏著冴，冴害怕若是對方知道自己並非純女，便可能會拒絕、拋棄自己。

正因如此，二丁目對冴而言雖然是心靈故鄉，但同時，支配著這塊土地的那種同性間的戀愛至上主義，也讓冴感到頗為疏離。

走過仲通，回到 Lilith 會場時，冴的酒醉已醒，深夜寒氣沁入骨髓，使冴不由得打起一陣哆嗦。

距離首班車還有兩個小時，冴想在那之前再醉一回，於是便再次走入了 Lounge Twilight 那座充滿著游離光線、夜店舞曲與年輕女孩歡騰聲浪的不夜城中。

拂曉

朦朧睡意之中，夏子的聲音從遠方細微迴響著傳來，東峰曉一震，睜開了雙眼。

「店要關囉，該醒了。」

曉從吧檯上抬起頭，看了看牆上時鐘，已是早晨五點多。電車已在行駛，客人們都回去了，店裡空空蕩蕩只剩夏子與曉。夏子按了牆上開關，黑光燈熄滅，取而代之的是一般燈泡，泛黃光線照亮了店內。空空的座位上殘存著些許體溫與體香的餘韻，逐漸被外面的空氣洗刷沖淡，店門口那扇拉門開了一半，外面依舊陰暗，充斥著濃密冬夜最後一點殘跡。

「抱歉，不知不覺就睡著了。」

曉慌忙對正在吧檯內洗杯子的夏子道了聲歉，站起了身。「妳也不早點叫醒我。」

「我看妳也累了，就讓妳睡會兒囉。」

夏子裝了一杯冰水給曉，語帶笑意地說，「妳平常也都提早來幫忙，不差這點時間，別在意。」

曉接過冰水，喝下了肚，驅散眼皮裡側殘存的些許睡意，盡量讓自己的聲音聽起來有精神些：「我也來幫忙關店。」

「謝啦，有妳幫忙快得多。」夏子表情柔和，微笑著點點頭。「那妳就幫忙打掃吧。」

夏子一笑，便會露出一列整齊的門牙，淡淡的法令紋輕柔地浮上臉頰，每次看到這樣的笑容，總讓曉感到心裡一陣平靜。有時曉會感到不可思議，世上竟會有像夏子這樣年齡大上自己一倍，還如此容易親近的大人。

曉是在上大學後才開始光顧 Polaris 的，不過第一次來二丁目卻是更早以前的事。國二時，曉喜歡上一個同班女生，那是曉在戀愛方面的啟蒙。正如世上所有陳腔濫調的悲情單戀一般，曉喜歡上的那個女生只鍾情於當時流行的男性偶像團體，看起來實在不像對同性有興趣的人種，這也使得曉早早便死了心，但在那之後，曉便對自己與周遭不同的性取向有了自覺，也因而感到煩惱。曉從網路上得知有新宿二丁目這樣的地方，但當時曉才國二，還不能去。國中畢業前兩個月，曉發現了 Cabin 這個只要是喜歡女生的女生，不限年齡任誰都能參加的活動，便鼓起勇氣報了名。

曉在 Cabin 認識了一個個性溫柔的女大學生，她聽說曉對二丁目有興趣，便帶著曉到 Life Café 光顧。那個女大學生身上帶著一股獨特氛圍，深深吸引著曉，那股氛圍不同於在此之前曉所認識的所有年長女性。女大學生一頭黑色長髮披肩，身穿 Uniqlo 的白色毛衣，深藍色百褶裙，穿著搭配大方而簡單，外觀雖是女生樣，卻沒有那種特意炫示自身女人味的風騷感，但給人的感覺也跟「中性」這個詞有所不同。她稱不上漂亮，卻也不算平凡的大眾臉，有種無以名狀的吸引人的特質，就像盛暑的陽炎煙靄，是一種不穩定事物所獨有的魅力與虛幻感。她的身材瘦高，嗓音略微沙啞，有種不安定感，這也使曉留下深刻印象。

那位女大學生自稱冴，多虧了有她導覽，曉才有機會走進二丁目。那天正好是冴二十一歲生日前夕，曉便不顧冴的反對，掏出自己的零用錢請客，買了兩塊二丁目名產六色彩虹蛋糕，雖然沒有蠟燭，兩人低聲唱著生日快樂歌，低調地做生日，倒也自得其樂。

「真的謝謝。」冴以略帶口音的日語如此說道，「我小時候每到生日，也常和父母一起吃蛋糕慶祝。」

「妳和父母感情很好呢。」曉鼓起勇氣問道：「妳對父母出櫃了嗎？」

看到冴的表情暗了下來，曉便後悔自己問了一個沒神經的問題。

「抱歉，我不該多問的。」曉慌忙道歉：「當我沒問過吧。」

「沒事的，沒關係。」冴輕輕搖了搖頭說道，臉上又恢復了開朗的笑容，但曉總覺得那笑容裡帶著幾分勉強。「出櫃是出過了。」

「如果妳不想談這件事，不談也沒有關係，」曉小心謹慎地挑選用字遣詞，「只是我還在煩惱該什麼時候、怎麼跟父母說，所以想要一些建議而已……」

冴並不言語，陷入沉默，似乎是在思考著什麼。半晌，她才虛弱無力地輕輕搖了搖頭。

「抱歉，我可能給不出什麼好建議，我現在還……該怎麼說呢，」冴似乎也在尋找適當詞彙，略頓了頓，這才露出虛弱的微笑，繼續說道：「還在劫難的途中。」

曉並不明白所謂劫難具體而言指的是什麼，但這兩個音節所帶有的某種不祥語感，卻在兩人之間形成了一陣沉默，也讓這個話題就此告終。在那之後冴便回國了，兩人自此沒再碰過面，但那時曉拜託店員拍下的兩人合照，至今仍在曉的手機裡珍貴收藏著。

直到後來，曉上了大學，選修性別學概論等課程，獲得了相關知識，再回去看照片時，這才終於注意到冴可能是個跨性別者。曉為這個發現受到了些許衝擊：在那之前，曉自認為是個喜歡女生的女生，也就是女同性戀者，只是她從沒想到，那個吸引過自己的女性，其實可能是位跨性別者。

在理性上，曉當然明白跨性別女性也是女性，受到冴的吸引，並不表示自己做為女同志的自我認同就受到了挑戰。但在發現這件事之後，曉也開始思考，自己的戀愛對象是否真的僅限女性，或者說，所謂女性指的是什麼，是什麼定義了女性。曉知道這是一個沒有答案的疑問，卻也忍不住不去思考。

「我最近覺得我可能是個泛性戀。」

到 Polaris 光顧的某天，曉對夏子如此說道。

「泛性戀？」夏子笑容依舊柔和，抬起一邊眉毛表達疑惑。

「泛性戀，就是不限男女，所有性別都能成為戀愛對象的人。」曉說明道：「因為性別不是只有男女二種，所以不說雙性戀。」

「怎麼覺得最近好多新詞，我不夠用功，都跟不上時代了。」夏子喝了一口曉請的日本酒，繼續說道：「不過我最近想，我們真的有必要將所有事物都取個名字嗎？」

「有個名字比較能安心不是嗎？也比較容易讓他人認識自己。」

「我在二丁目開了十幾年店，漸漸明白，每個來光顧的客人都是獨一無二的，各自都有所不同，若要一一取名還真是取都取不完。所以我們真的有必要用一個名詞，來籠統地說明自己嗎？」

日本規定二十歲才成年，那時曉還十八歲，尚未成年，但到二丁目光顧，大部分店家也都睜一隻眼閉一隻眼。曉在二丁目認識了一個女孩，展開一段戀情，兩人牽著手昂首挺胸地走在深夜的仲通上，便覺得路人們的視線，以及那些密集如林的絢爛霓虹，全都在祝福著自己；幾個月後女孩提分手，曉感到一顆心破得粉碎，把自己灌得大醉，就蹲在路邊大哭起來，那個夜晚的雜沓與喧囂聽在耳中，便又陷入一種彷彿整座城市都在嘲笑著自己的錯覺。這種劇烈耗費心神的戀情經歷過幾段之後，對於戀愛所帶來的飄飄然的幸福感，以及失戀所造成的天翻地覆的絕望感，曉便也漸漸產生了抵抗力。在二丁目這塊土地上，曉逐漸長大成人。

滿二十歲那天，曉問夏子能不能在 Polaris 打工，正好那時夏子也開始覺得一個人經營有其極限，想要一個幫手，便雇用了曉。酒水價格明確合理，面積又狹窄的女同志酒吧的營業額畢竟有限，給不出太高的時薪，開店前的準備工作以及打烊關店後的清掃都無法給薪，即使如此，能在二丁目工作這件事，仍使曉心生雀躍。

二丁目也的確有些面向，是實際在這裡工作過後才看得到的，比如要加盟新宿二丁目振興會、參加居民大會、協辦太宗寺盆踊大會、在東京彩虹祭擺攤，乃至於與其他店家的往來情形。曉做為顧客光顧二丁目時從未注意到過，這塊土地上也是有一般居民和商店的，開始工作後，曉也和他們都有了交流。這些居民裡有許多人都是在二丁目成為同志區前便居住於此，連綿延續至今的家系，他們看過戰後不久的新宿二丁目過往街景，那是生於平成八年（一九九六年）的曉所無法想像的。與他們談話之後，曉才發現自己對於這塊接納了自己的土地，其實極為無知。

曉很想知道這塊土地的過往，便把新宿二丁目的歷史當作畢業論文的主題，進行研究。為了調查那些自己所未曾參與的歷史，升上大四之後，曉便常跑新宿歷史博物館，收集文獻資料，也採訪了區域居民乃至老字號酒吧經營者，這個過程使曉獲益良多，有了許多新發現。

在新宿二丁目這塊面積僅〇．一平方公里，絕稱不上寬廣的土地上，現在雖然密密麻麻聚集了四百多間 LGBT 相關店家，是亞洲最大的同志區，但在以前，這裡其實卻是賣春地帶，是男人購買女色之處，買春與賣春的歷史必須追溯到好幾百年前。十七世紀末，新宿的前身「內藤新宿」做為主要幹道甲州街道的宿場町（供人停留住宿之所）開張，名為「旅籠屋」的旅店在此林立營業。旅籠屋內有著名為「飯盛女」的女性員工，顧名思義是給客人盛飯、張羅餐點的女工，但其實私底下都有祕密賣春行為。

內藤新宿曾一度遭到廢止，數十年後再次復活，地下賣春行為也就持續了下來。明治維新之後，政府頒布名為「貸座敷制度」的公娼制度，內藤新宿遂從地下賣春場所，成為公認的賣春地帶。

二十世紀初，政府興建新宿御苑，以此做為接待外賓的場所，與御苑近在咫尺的甲州街道上的公娼妓樓便被認為有礙觀瞻。正好位於甲州街道北側的新宿二丁目曾經是牧場，現在卻是一塊沒人用的土地，政府於是便下令娼家往北遷入新宿二丁目，做為「新宿遊廓」於一九二二年開始營業。隔年發生關東大地震，東京其他遊廓皆遭受重大打擊，唯獨新宿遊廓損傷較小，於是新宿遊廓便取代了新吉原等地，做為買春天堂盛極一時。

不久，太平洋戰爭開打，終戰前，一九四五年五月，美軍發動「東京山手大空襲」，新宿遊廓燒成一片焦土。戰後，駐日盟軍總司令部要求日本政府廢娼，日本政府聽從指示，卻礙於種種複雜因素而形成表面上禁止，實際上無法杜絕而只好默許的情形。新宿遊廓成為「赤線」，依舊是賣春地帶。位於赤線裡的業者經營「特殊飲食店」，男客在此美其名為與女服務生「自由戀愛」，實則是購買性服務，警察對此也睜一隻眼閉一隻眼。不久，在「赤線」這默許賣春地帶的周遭，也出現了名為「青線」的未默許賣春地帶，而不論赤線與青線，最終都在一九五八年《賣春防止法》完全施行後結束營業。

《賣春防止法》完全施行後，做為原先的赤線、青線地帶，新宿二丁目逐漸荒廢，地價房租下跌。就在此時，原本在御苑大通另一側的土地「要町」，以及新宿御苑前方的「千鳥街」經營的男同志酒吧，看準房租便宜，便紛紛遷入新宿二丁目。加以當時嬉皮等反主流文化盛行，這也加速了男同志酒吧的擴張，於是在六〇年代，新宿二丁目逐漸轉變形貌，蛻變為同志區。

深夜站在Polaris門外，望著周遭的喧囂繁景時，曉有時會感到相當不可思議。Polaris所在的這條「L的小道」，在百年前還是空無一物的牧場遺跡。八十年前，這裡曾位於「新宿遊廓」東牆附近，只消走幾步路，跨過仲通，便是充滿遊女們的嬌聲、風情萬種的遊廓了。七十年前，這裡是遭受空襲之後的焦野，而在六十五年前，這裡又變成了名為「墓場橫町」的青線地帶。換句話說，這條拉子店家群聚的「L的小道」竟就是「墓場橫町」的遺址。轉過L的小道轉角，左側建著一排與人等高的石牆，石牆另一側便是成覺寺的墓地，這也是為什麼這裡曾被叫做「墓場橫町」的原因了。

成覺寺是座擁有四百年以上歷史的寺廟，在內藤新宿時代曾是飯盛女的「投入寺」，數以千計無依無靠的妓女遺體亂葬崗般地遭到遺棄、埋在此處。

曉知道，夏子有時會隔著那堵石牆，朝墓地裡林立的板塔婆牌位，雙手合十靜禱。那些沒有墓誌銘，連名字也未曾留下的眾多女子，正是使新宿這塊土地繁盛至此的幕後功臣，一思及此，曉便覺得她們曾經殞落的生命，透過時間之流連結著此刻此地的自己。

新宿連綿數百年的買春與賣春的歷史，曾經充滿這塊土地的嬌媚女聲，在二丁目成為同志區後便即銷聲匿跡，取而代之的是那些無法在太陽底下滿足欲望的男人，擔心被人察覺，戰戰兢兢地夜裡潛行，前來此處尋求欲望的滿足。要等到八〇年代後半，這裡才開始出現為女性開設的店家。曉曾聽夏子談論起九〇年代前半的二丁目光景，當時雖也有部分男同志酒吧對女性釋出善意，但整體而言，女性在這塊土地上仍是異物，是會受到冷言冷語的存在。當然現在已經不是如此了。

曉有時會覺得，自己不是生在那種時代，而能活在現代，或許這本身便是一種幸運。曉並非生於那個只要降生女身便註定為他人所擁有、永遠只能被迫活在歷史陰影面的時代，而是活在現代，做為一個獨立個體，能自由地探索性向、生活，以及戀愛。雖然這個時代依舊充斥著歧視的暴力言語，婚姻平權亦尚未實現，但在經歷過沉默的漫漫長夜之後，時代終於迎來一線曙光。而開創出如今這樣相對自由的時代的，無疑是無數的前人前輩，想到這裡，曉便覺得自己也有義務為下一個世代，開創更為明亮的未來。曉之所以能鼓起勇氣向父母出櫃，也是因為這些前人創造的歷史賦予了她勇氣。有一段時間，曉與父親陷入冷戰狀態，但母親倒是頗努力找書來看，試圖獲取相關知識，理解曉的性向。

曉除了在 Polaris 打工、寫畢業論文之外，也開創了部落格和 YouTube 頻道，在網路上公開出櫃，積極從事性少數啟蒙活動。她也參與遊行與示威，若有人邀請，也會到中小學校辦演講，介紹同志的生命歷程。二〇一八年，自民黨籍的國會議員在新潮社右派月刊發表文章，宣稱「LGBT 那些人不生小孩，也就是沒有生產性，所以不該為他們使用稅金」，引發群眾到自民黨總部前示威抗議，要求該議員辭職，當時曉也參加了。在一片「不要歧視，還我人權」、「無視人權，議員下臺」響聲震天的口號之中，曉舉著一面大大的彩虹旗上臺，聲淚俱下地發表演說。曉的演說受到媒體報導，不少同志傳訊息給曉，說自己受到相當大的鼓舞；但另一方面，部落格與 YouTube 頻道、推特帳號上卻也有許多網路右翼的仇恨言論、誹謗中傷如潮水般湧至。有好長一段時間，曉真的被那些鋪天蓋地的粗言惡語給打倒，精神狀況陷入沉鬱，之所以能再次爬起，也是多虧了夏子與雙親的鼓勵。

「我以前也做過一些滿激烈的事。」某日打烊後，夏子露出沉浸在回憶裡似的表情，笑著說：「也曾覺得眼前的一切都很煩，乾脆拋下一切逃到國外。結果最後還是回到這裡了。」

「妳沒想過要移居海外嗎？」曉問道。曉也好想親眼看看雪梨的 Mardi Gras 同志遊行。

「我還沒辦法那麼無牽無掛。」

「有什麼牽掛呢？」

「父母啊，朋友啊，」夏子略頓了頓後，接著說道：「還有記憶。」

「記憶？」

「記憶是種負擔，也是心靈的支柱。」

只要人類能持續編織記憶，便能存活下去，就好像只要時間不停流轉，夜晚終會迎來黎明。而人類所織成的記憶以及活過的時間，終有一天會成為歷史，支撐下一個世代的存在。就算自己不生孩子，不將自己的基因遺留後世，自己刻下的生命軌跡也將與人類的一切營生行止，連綿傳承下去。知曉歷史的意義不僅是為發思古之幽情，更是為了確認支撐著自己雙腳所踏之處的根基，曉覺得，只要能確認這點，現下活在此處的自己，便有了存在意義。

「今年還剩兩週就結束了呢。」

打掃完廁所，曉回到吧檯邊，對著正在吧檯裡清算帳簿的夏子說道。一道灰濛晨光從半開的門照進店內。

「明年也請多多指教囉。」夏子從帳簿裡抬起頭來，語中帶笑地說。

「平成最後一個冬天快結束了，不會覺得感慨嗎？」

「怎麼，連妳都在意元號這東西啊？」夏子說道，臉上浮現兩道柔和的法令紋。「就算換了元號，會變的事物就是會變，不變的還是不會變。」過了半晌，夏子又說：「不過妳大學好像剛好是明年畢業？怪不得會感慨了。畢業後要工作嗎？」

夏子的冷淡反應令曉有些失望，不過仔細一想，自己之所以會對平成時代即將結束感到落寞，大概是因為自己正是生於平成時代，這是第一次經歷元號更迭；對生於昭和時代的夏子而言，元號的更替或許便並不存在什麼特殊意義。但就算是如此，曉依舊期望即將到來的新時代，是個更好的時代，是每個人都能抬頭挺胸在陽光之下昂首闊步的時代。然而自己之所以會心懷如此毫無根據的期待，或許也是因為自己依舊年輕，依舊青澀而稚嫩。

「我準備要考研究所。」曉答道。畢業論文提交日在即，繳交之後便是研究所入學考試了。「上研究所之後，我也想繼續在這裡工作。」

「謝啦，有妳在我省事不少。」

夏子如此說道，又開始清點帳冊。曉把店內整理出的垃圾提在手裡，走向位於店外的垃圾場。

朝陽還未升起，雜居大樓上方的天空已泛著一絲光明，混雜了橙色與金黃色，高度愈高色調愈深，一直漸層至幾綹雲絲飄盪的雲層之上，便成了深海般的琉璃色澤。

無日無月的冬季早晨寒意徹骨，曉沒穿大衣，只得丟了垃圾便趕緊回到店裡。

走進店門前，曉又不自禁地留戀著回頭一望，望向頭頂那片天空。

漫長的冬夜，正在緩慢而確實地亮起。

後記

平成時代最後一個十二月，辭去公司職務後的週六，我終於成為自由業作家，感到身心一陣輕盈，為了紀念獨立，便決心到新宿玩個通宵。

在歌舞伎町一間名為 Leviathan 的ＳＭ主題 happening bar 看了一場小表演後，正是午夜時分，末班車已過。離開歌舞伎町，我便沿著靖國通走向二丁目，走進那間時常光顧的 Polaris。

或許是因為末班車才剛過沒多久，浸在海藍色光線中的 Polaris 除店長夏子與店員曉兩人之外，便沒有其他人。「歡迎光臨。」夏子一如往常精神飽滿地招呼道。

我脫下水藍色大衣，掛在牆邊衣架上，便為自己點了一杯 Malibu 可樂調酒，又點了一杯 Malibu Surf 請夏子喝。

「來。」夏子一邊說，一邊端出下酒菜與調酒。「妳好像有陣子沒來了？」

「是有陣子沒來了。」我說，「公司工作忙。不過我已經辭職了。」

我們舉杯相碰，天南地北閒聊，我談起明明今天是週六，卻為何沒什麼客人，夏子回答，大家都趕著搭末班車回去了。接著夏子便聊起前半夜來過店裡的客人，有一個常客帶著一個第一次來的客人，有個來自臺灣的觀光客，還有一個中國留學生。

夏子說，最近不少外國人也會來二丁目光顧，我心想，我不正是個「外國人」嗎？我來日本已是五年前的事，但或許對夏子而言，五年也不過是「最近」而已。

聽了夏子的話後，我心念一動，想著要寫一部以二丁目和 Polaris 為舞臺的小說。我向夏子說了這個主意後，夏子便說她也想讀。事不宜遲，當天搭首班車回到家後，我便開始進行構思。

我在日本才只住了五、六年左右，沒能參與到新宿二丁目的過往，因此這絕不是部容易書寫的小說。特別是九〇年代前半，泡沫經濟崩潰之後的二丁目氛圍，光憑虛構幻想還實在是寫不太出來。為了寫這部小說，我訪談了包含夏子在內的幾位知悉二丁目過往面貌的前輩，也閱讀了一些與二丁目歷史相關的書籍與資料。我也到新宿歷史博物館收集資訊，更造訪過太宗寺與成覺寺。KIDSWOMYN 已在二〇一四年結束營業，我無緣光顧，但這間店所在的「第一天香大樓」我也實地走過幾次，想像當時氛圍。

您現在手裡拿的這本小說，便是這些取材訪談的成果。這本小說反映了透過取材所得知的部分史實，但這終究是一本虛構小說，無法取代史書；而我也只是個小說家，並不肩負書寫歷史的使命。若要為這本書做個常見的註解，便是如此：「這本小說乃是虛構，小說中登場的人物、團體、名稱皆為架空，與實際人事物沒有關聯，如有雷同，純屬巧合。」而這篇後記，卻也是小說的一部分。

若有讀者因讀了這本小說，而對二丁目乃至新宿這塊土地產生興趣，或許可以嘗試閱讀書後所載的參考資料一覽，也可以自行前往新宿歷史博物館參訪。若讀者希望能對造訪這塊土地的性少數族群有更深入的理解，可以實際走訪二丁目，也不妨閱讀坊間為數眾多的 LGBT 入門叢書。但請莫忘：所有的歷史都是當代史，所有的理解都是誤解。

書寫這本小說的過程中，我充分感受到了書寫小說的痛苦和喜悅；願讀者在閱讀過程裡，也能充分體會閱讀小說的痛苦和喜悅。

李琴峰

二〇一九年夏

心懷對已然展開的新時代的期待

活著，在撲朔迷離的令和
——《北極星灑落之夜》繁體中文版後記

開始寫作本書，是二〇一八年十月的事，一個轉眼，竟已過去三年多。

就個人的生活而言，二〇一八年十月，我還只是個沒沒無聞的新人作家，拿了新人獎，出了第一本書（《獨舞》），不甚賣座，在文壇裡幾乎毫無知名度，也沒什麼工作邀約。那時的我還在日本公司上班，朝九晚六又常加班，業務繁忙，一邊上班一邊寫作的生活逐漸吃緊。幸好那時順利拿到日本永久居留權，簽證問題解決，便決定於同年年底辭職，專心寫作與翻譯。

就社會而言，那時正值平成年號的盡頭，雖然新年號尚未公布，但已確定隔年五月啟用，因此二〇一八年年底，就是平成時代的最後一個冬天。時值數十年才有一次的時代轉捩點，不少人都滿心雀躍地等待著新年號揭曉的瞬間，期盼新時代的到來，能夠一掃平成時代的灰暗色調，畢竟在平成的三十年（一九八九～二〇一九）間，大家有過太多的灰暗記憶：泡沫經濟崩潰之後，日本經濟一蹶不振，薪資停漲、通貨緊縮三十年，再加上九一一恐怖攻擊、世界金融海嘯、三一一東日本大震災、福島核災等天災人禍，歷歷在目。

身為日本社會的一分子，我也切身感受到這種時代氛圍。這本小說的時間點設定於二〇一八年十二月的一個週六夜晚，閱讀本書，想必也不難感受到一股對新時代的期許。

初次造訪新宿二丁目，是二〇〇九年的事，當時我趁著暑假，到東京進行為時一個月的短暫遊學（那也是我第一次來到東京），在友人的帶領之下參觀了akta，一間位於新宿二丁目的LGBT社群中心。不過那時是白天，我沒能見識到新宿二丁目夜晚的喧騰歡鬧，何況當時的我根本就還不知道什麼是新宿二丁目。是直到後來對二丁目熟了之後，偶然想起朋友曾帶我參觀過的地方，回憶起當時的景色，才恍然大悟，原來那裡便是二丁目的一部份。

二〇一三年正式移居日本之後，偶爾偕同友人前去新宿二丁目，漸漸地對這塊亞洲最大的同志區熟悉起來。我在這裡遇過許許多多的人——女人、男人、兩者皆非的人；女同志、男同志、跨性別、泛性戀、無性戀、非性戀；日本人、臺灣人、歐美人、韓國人、中國人，甚至是維吾爾人。我曾在這裡交朋友，曾在這裡與友人舉盞閒聊、直至天明，曾在這裡談過戀愛，也曾在這裡經歷過戀情的破碎。在我的眼中，新宿二丁目充滿神祕的魔力，深不見底，一到晚上便有各式各樣的人前來此地，每一個人身上都有著好多故事，每一個夜晚都有著好多邂逅（多像白先勇筆下那座只有黑夜、沒有白天的王國！），大家在此短暫停留，擦身而過之時綻放出瞬息光輝，天明後又各自前往他方，那種似有若無的連繫，就像仰頭可見的漆黑夜空，夜空裡無數閃耀星子交織而成的繽紛星座。

成為作家之後，我便一直想著要寫一部以新宿二丁目為舞臺的小說，以我的視角，寫出我所看到的新宿二丁目（在過往的日本文學小說裡，雖也有寫到新宿二丁目的，卻絕大多數寫的都是男同志的世界）。新宿二丁目雖是一座聚集各種性少數族群的闇夜之城，卻絕非什麼烏托邦、理想國，在這座性少數者的小城裡，依然存在著歧視與偏見、中心與邊陲；每個人與這塊土地發生關係的方式也各有不同，有人視此地為度過青春時代的心靈原鄉，也有人總對此地感到格格不入，更多的是蜻蜓點水、偶爾到此一遊而已。要寫新宿二丁目的故事，必定要有各種各樣不同背景的人登場，每個角色都有著各自的人生故事，背負著不同的包袱，又因不同的理由造訪此地。讀了三橋順子老師的書（參見本書的參考書目），了解新宿二丁目的歷史之後，我便更堅定了書寫的決心。

《北極星灑落之夜》初稿完成於二〇一九年夏，日文版成書於二〇二〇年二月，完完全全撞上了新冠疫情傳進日本的初期階段。當時先是郵輪鑽石公主號發生群聚感染，接著便是突如其來的各種防疫政策：活動停辦、學校停課、外出自肅、緊急事態宣言。民眾減少外出，公司改為遠端工作，開會改為線上會議，活動全部取消，包含書店在內的各種大型商業設施也全都停止營業。在這種情況下，《北極星灑落之夜》出版之後幾乎無法進行宣傳活動，書店裡也還來不及擺上新書平臺（因為書店沒開），就被幾個月後的新書硬生生擠了下去。想當然耳，銷售成績自然大受影響。其實也不只我，估計那幾個月出版的新書，絕大多數都成了犧牲打。

幸好，一年之後，二〇二一年，《北極星灑落之夜》還是獲得了肯定，拿到了日本文化廳主辦的「藝術選獎文部科學大臣新人獎文學部門」獎項。這是日本政府舉辦的官方獎項，知名度雖比不上民間的芥川獎，過去的得獎者卻也是人才濟濟，頗具指標性，與我同時得獎的，還有歌手米津玄師，以及《鬼滅之刃》作者吾峠呼世晴（分別是大眾藝能部門與媒體藝術部門）。獲此榮譽，才總算覺得前一年的衰運獲得了些許補償，算是出了一口氣。

在那之後又過了一年，《北極星灑落之夜》繁體中文版也在臺灣問世。如今回想起來，平成的終結竟已像是前塵往事，新年號令和走到了第四年，就結論而言，我們似乎還很難找到具備足夠說服力的證據，足以令我們相信令和時代將比平成時代更上一層樓。令和時代還過不到一年，全球性疫情來襲，至今未有終結跡象；日本政壇依舊由保守政黨執政，在同志與性別平權議題上，政客的歧視言論滿天飛，堪比幾十年前的昭和時代；緬甸爆發軍事政變，退回軍政時代；阿富汗塔利班重新掌權，女性與性少數族群的人權與性命堪憂。至於美中衝突，乃至中國併吞臺灣的勃勃野心與頻仍行動，自是不在話下。究竟令和會是一個和平的盛世（正如「令和」的字面意義「美麗的和諧」），或是邁向紛爭的亂世，或許還很難說。

不過不管如何，雖然我並不否定自死的道德性，但若對現實處境失望乃至絕望，卻又不願選擇自死，那麼無論世界如何紛亂，總歸一句話：還是得活著的。

總之，《北極星灑落之夜》寫出了平成最後一個冬天，新宿二丁目這塊土地的故事。新冠疫情肆虐之中，新宿二丁目的店家也遭受不小的打擊，也有店家被迫結束營業，但這又是另一個故事了。

最後做一個小小的讀者服務：日本讀者若是對書中故事感興趣，大可尋空自行走訪一趟新宿二丁目；但對住在臺灣的中文讀者而言，疫情之中恐怕連走出國門都難，更遑論新宿二丁目了。因此我便在此破個小梗：小說裡提到的絕大多數店家，都有其現實世界裡的原型，唯獨 Polaris 是一間虛構的店家，讀者若真到現場走訪，也只能看到一堵白牆。也就是說，日文版原書「後記」寫我到 Polaris 與夏子對話，因而獲得此書靈感，其實虛實摻雜，並非全是事實，所謂「這篇後記，卻也是小說的一部份」，正是此意。

但那又何妨？這個世界本就虛虛實實，撲朔迷離，後真相的波浪席捲著這顆星球，各種資訊紛紛擾擾、錯綜複雜，網路世界裡人人各是其是、各非其非，就連「李琴峰得芥川獎是反日左派為了離間臺日關係所設下的陰謀」

這種荒誕不經的鬼話都有人說得出來，一本小說的後記摻著些許虛構，又構成得了什麼實際威脅呢？

二〇二二年年初　寫於日本東京都

參考資料

臺北市紀錄片從業人員職業工會《太陽・不遠 Sunflower Occupation》（紀錄片）
晏山農等人《這不是太陽花學運：３１８運動全紀錄》（允晨文化）
出井康博《ルポニッポン絶望工場》（講談社＋α新書）
土屋ゆき《東京レズビアンバーガイド》（同人誌）
伏見憲明《新宿二丁目》（新潮社）
三橋順子《新宿「性なる街」の歴史地理》（朝日新聞出版）
女同性戀&雙性戀雜誌《アニース》（テラ出版，一九九六年創刊，二〇〇三年休刊）

潮流文學

北極星灑落之夜

（原名：ポラリスが降り注ぐ夜）

作者／李琴峰　譯者／李琴峰
榮譽發行人／黃鎮隆　總經理／陳君平
協理／洪琇菁　國際版權／黃令歡、梁名儀
執行編輯／呂尚燁　美術主編／方品舒
企劃宣傳／楊玉如、洪國瑋
發行／英屬蓋曼群島商家庭傳媒股份有限公司城邦分公司　尖端出版
台北市中山區民生東路二段一四一號十樓
電話：（〇二）二五〇〇—七六〇〇（代表號）
傳真：（〇二）二五〇〇—一九七九
中彰投以北經銷（含宜花東）／楨彥有限公司
電話：（〇二）八九一九—三三六九
傳真：（〇二）八九一四—五五二四
雲嘉經銷／威信圖書有限公司　嘉義公司
電話：（〇五）二三三—三八五二
傳真：（〇五）二三三—三八六三
客服專線：〇八〇〇—〇二八—〇二八
南部經銷／威信圖書有限公司　高雄公司
電話：（〇七）三七三—〇〇七九
傳真：（〇七）三七三—〇〇八七
香港總經銷／城邦（香港）出版集團有限公司
香港灣仔駱克道193號東超商業中心1樓
電話：（八五二）二五〇八—六二三一
傳真：（八五二）二五七八—九三三七
E-mail：hkcite@biznetvigator.com
馬新經銷／城邦（馬新）出版集團　Cite(M)Sdn.Bhd.
E-mail：Cite@cite.com.my
法律顧問／王子文律師　元禾法律事務所
台北市羅斯福路三段三十七號十五樓
二〇二二年二月一版一刷

郵購注意事項：
1. 填妥劃撥單資料：帳號：50003021戶名：英屬蓋曼群島商家庭傳媒(股)公司城邦分公司。2. 通信欄內註明訂購書名與冊數。3. 劃撥金額低於500元，請加附掛號郵資50元。如劃撥日起 10～14日，仍未收到書時，請洽劃撥組。劃撥專線TEL：(03) 312-4212 ・ FAX：(03) 322-4621。E-mail：marketing@spp.com.tw

國家圖書館出版品預行編目資料

北極星灑落之夜/李琴峰 著．
--初版．--臺北市：尖端出版，2022.02
面；公分．--(潮流文學)
譯自：ポラリスが降り注ぐ夜
ISBN 978-626-316-385-0(平裝)

857.7　110020216